タァタとバァバのたんけんたい
2

小林玲子・作　牧野照美・絵

れんが書房新社

タァタとバァバのたんけんたい 2　もくじ

サクラ貝《がい》のうた　4
月のうさぎ　8
ドンドン　ヒャララ　12
とんとん秋じまい　16
カルタ遊《あそ》び　20
タケノコほりで　24
水玉ころころ　28
七夕《たなばた》の夜　32
秋の花火大会　36
栗名月《くりめいげつ》の日に　40
秋のせんぷうき　44
春のコーラス　48
光のメダカ　52
ハンカチひらひら　56

さよならツバメさん 60
秋の夜なが 64
小鳥さんのおくりもの 68
柿《かき》の実《み》がうれるまで 72
鬼《おに》さんこちら 76
春の砂浜《すなはま》たんけんたい 80
雨の神《かみ》さま　チャップ 84
雷《かみなり》さまはりゅう神《じん》さま 88
水色の中へ 92
ドンヒャララ 96
実《み》もいろいろね 100
のびのびだよ 104
春のつみ草 108

サクラ貝《がい》のうた

バァバは机の前にすわって、ハガキを書いています。タァタがやってきました。

「暑中見舞《しょちゅうみま》いのハガキよ。きれいでしょ」

「カモメール」のハガキには、青い海に白いヨットが浮《う》かびカモメが飛《と》んでいます。ヒマワリやアサガオの花の絵のもありました。

「ぼくにもちょうだい。ヨウくんに出すんだ」

「どうぞ、どうぞ、たくさん書いてね」

タァタは三枚《まい》もらうと、横《よこ》にすわりました。

「ヨウくんとカイくんとひなちゃんに出そう」

タァタはおぼえたてのひらがなで、バァバと同じように、こう書きました。

「しょちゅうおみまいもうしあげます」

「ことしはいっしょにかいすいよくにいこうね」

と、つづけます。

ふたりは、白い入道雲《にゅうどうぐも》の絵をながめながら、去年《きょねん》行った海を思い出しました。

海は、白い波《なみ》が立って、うねうねと寄《よ》せてきます。大きい波、小さい波いろいろです。砂浜《すなはま》は熱《あつ》いので、タァタとバァバは、波打ちぎわに足をのばしてすわっています。

大きく寄せる波は、ざぁっと音を立てててタァタの足の先からおなかのあたりまでぬらして、海へ帰っていきます。

「アハハ、きもちいい！」

「あら、きれいなサクラ貝だわ」

波があらった砂地に桜色《さくらいろ》の小さな貝がらが、顔を出していました。

バァバはひろって手にのせました。

♪うるわしき　桜貝《さくらがい》ひとつ
　去りゆける君にささげん
　この貝はこぞの浜辺に

バァバはきどってうたっています。

とつぜんタァタがさけびました。

「バァバ、去年ひろった貝は、どうしたの」

「あら、そのひき出しにあると思うわ」

バァバはひき出しを開《あ》けました。

すると、ざ、ざあっと音がして、ひき出しの中には、海が広がっていて、タァタとバァバはいつの間にか、ゆら

りゆられながら、サクラ貝の舟《ふね》にのっていました。

海は静《しず》かで、遠くにヨットが浮かび、水平線《すいへいせん》には入道雲が出ています。海は明るく光っていました。

「ぼくたち海へ来たんだね」

「サクラ貝さんがつれて来てくれたのよ」

「カモメールと同じ海みたい」

「バァバたいへん、大きな鳥がくる!」

「カモメだわ。だいじょうぶかしら」

カモメは、白いつばさをゆったり動《うご》かしながら飛んできて、ふたりのそばに浮きました。

「カモメさん、ぼくたちお魚じゃないよ」

「食べたりしないでね……」

タァタとバァバは、サクラ貝の舟の中から顔を出していいました。

『ハハハ、鳥は目がいいんだよ。人間と魚をまちがえやしないさ。あんたたち、どこから来たの』
「えーと、いま、しょちゅうみまいのハガキを書いていたの」
「ああ、カモメさんもハガキの中にいたわ」
『しょうがないなあ、まいごかあ。家までおくっていくよ』
カモメは、すっと首を下げると、大きな羽をひろげて、あっというまに舟ごとふたりをせなかに乗《の》せて、飛び立ちました。
青い海の上をどんどん飛んでいくと、下にヨットが見えました。もっとどんどん飛んでいくと、大きな白いかたまりが目の前にひろがりはじめました。カモメは音もなく羽を動かしてその中に入っていきます。そして、まっ白なもやにつつまれたと思うと、何もかも見えなくなりました。
白いカモメも、もやにとけてしまって、気づくと、ふたりは、サクラ貝の入ったひき出しをのぞきこんでいました。
バァバがすっとんきょうな声で歌いました。
♪この貝は、こぞの浜辺に
　われひとり……　じゃなかった
　ふたりして　ひろいし貝よ
タァタもつられて、バァバのあとからついて、サクラ貝の歌を歌いました。

月のうさぎ

「お月さまのススキをとりに行きましょ」

バァバはポシェットに花きりばさみを入れました。タァタもぼうしをかぶりました。

川のていぼうには、ずっと遠《とお》くでススキがむれを作って、銀色《ぎんいろ》の穂《ほ》が風にゆれています。

「きれいだなあ」

「みごとだこと」

ふたりは、しばらくここで遊《あそ》ぶことにしました。バァバはススキの穂をたくさん集《あつ》めると、何か作っています。

「ほらね、こうしてむすぶと、フクロウのできあがり」

「わあ、ぼくも作りたい」

ふたりは、大きいフクロウや小さいフクロウをいっぱい作りました。それからひとかかえのススキをとって、家に帰りました。

バァバはえんがわにススキやハギをかざり、おだんごをそなえました。

「バァバわすれもの。フクロウもかざって」

「あらあらほんと、かごに入れましょ」

「中秋《ちゅうしゅう》のお月さまは、夜おそくにならないと出ないから、タァタおきていられるかしら」

「大丈夫《だいじょうぶ》にきまってるでしょ」

タァタはいばりましたが、あくびが三つもでました。いいお天気の夜空には、お星さまがいっぱい出ています。

夜もふけていきました。

ホッホッ、ホオホオ
ホッホッホオホオ
にぎやかなき声に、タァタはびっくり目をさましました。

夜の庭《にわ》の木に、あかりがともったように、黄色いまんまるな光がたくさんついていて、ホウホウという声もそこから聞こえます。

「フクロウだ」

ふたりはいそいでかごを見ました。からっぽです。

「あんなところに行ってしまったのね」

フクロウのとまった木のうしろから、まんまるな月が顔を出しました。

「ほらほら、十五夜《じゅうごや》お月さまよ」

「すきとおっているみたいだね」

「あらっ、流《なが》れ星かしら」

ホオホオという声が高くなって、空から光りながら落ちてくるものがあります。

「あれっ、ウサギのかたちをしているよ」

「月のウサギだわ」

月に照《て》らされて、金色に光りながら、ふわりふわりと飛《と》びながらどんどん降《お》りてきます。

ホッホッ、ホオホオ、ホッホッホオホオ
フクロウの声がいちだんと高くなりました。声にさそわれるように、ウサギは降りてきます。

だんだん近づいたウサギは、雪のようにまっ白で、長い耳はピンク色をしていました。

木のてっぺんに、ぴょんととびおりたウサギは、耳をふるふるとゆっくりふりました。

「たいへんだ、ウサギをつかまえるのかも」

タァタが庭にとび出しました。

フクロウたちは、うさぎのまわりを飛びながら羽をひろげて輪《わ》をつくると、オホオホとやさしく呼《よ》ぶように鳴きました。

その声にこたえるように、ウサギはふわりと飛びあがって、フクロウの輪にのりました。

ホッホッホオホオ、ホッホッホオホオ
タァタの頭の上をゆっくり飛びまわってから、ウサギをのせたフクロウたちは、空の上へとのぼりはじめました。

中天の月は、ますます光をまして、フクロウとウサギを明るく照らし出しています。

そして、いつのまにか、一てんの光になって、夜空の中に消えていきました。

「バァバ、見て見て、お月さまにウサギのかげがうつっているよ」

「まぁ、まぁ、もう帰ってしまったのね」
ふたりは明るくかがやくお月さまに手を合わせて、いつまでもながめていました。
♪うさぎ　うさぎ　なに見てはねる
　十五夜お月さま　見てはねる
と、歌いながら。

ドンドン　ヒャララ

♪村のちんじゅの神《かみ》さまの
今日はめでたいお祭《まつ》り日
ドンドンヒャララ　ドンヒャララ
ドンドンヒャララ　ドンヒャララ
朝から聞こえる笛《ふえ》たいこ

バァバがすしおけを出して、洗《あら》いながら歌っています。

「お祭りだ！　お祭りだ！」

タァタもうきうきして、家の中を歩きまわります。遠《とお》くからドーン、ドーンとたいこの音が聞こえてきます。花火の音もします。

「お宮《みや》さんのたいこはだれがたたくのかなァ」

バァバの作ったおすしを、おなかいっぱいに食べて、タァタはパパやママといっしょにお祭りに行きました。もちろんバァバもいっしょです。

神社《じんじゃ》のお祭りは二日間あります。

「よごもり」という、夕方からおこなわれる行事《ぎょうじ》と、「本祭り」という、あくる日一日中のお祭りです。にぎやかなのは「よごもり」で、神社のけいだいには夜店《よみせ》の屋台《やたい》がずらりと並《なら》び、赤や青の電気が灯《とも》って、その中を歩く人々でいっぱいです。

おまいりをすませた人々は、夜店を一けん一けん見てまわり、たこやきやわたあめや、みたらしだんごをほおばりながら歩きます。

ごったがえしたお宮さんの中は、おもちゃ箱《ばこ》をひっくりかえしたようなさわぎです。夜空の上から見たら、その晩《ばん》だけは、お宮さんがぼうぼうもえているように見えるのでしょう。

タァタも輪《わ》投《な》げをして、「バンザーイ」アトム人形をもらいました。

いろいろなお面《めん》をぶら下げている店もあります。昔《むかし》のひょっとこやおかめのお面から、カメンライダー、鉄人《てつじん》28号《ごう》、アトム、ゴジラ、ペコちゃん、たんていコナンやセーラームーンもあります。

パパやママは、子どものときに大《だい》好《す》きだった、マンガやアニメの主人公《しゅじんこう》たちなので、大よろこびしています。パパはウルトラマン、ママはひみつのアッコちゃん、バァバはおかめさんをえらびました。タァタはさんざんまよいましたが、やっぱりたんていコナンにしました。

タァタは大きくなったら「たんていコナン」になりたいと思っています。タァタとバァバのたんけんたいも、そのじゅんびってわけです。

けいだいのまんなかには、やぐらが組んであって大きなたいこがおいてあり、大ぜいの人がすわって笛やたいこで合《がっ》そうしています。

「ドンドンヒャララ、ドンヒャララの歌と同じだね」

タァタたちが見ていると、ピーッとひとふし、あたりをつきぬけるような高い笛の音がして、白い上衣《うわぎ》に赤いはかまをはいた女の子たちが四、五人舞台《ぶたい》のまん中に出てきました。きれいなふさのついた鈴《すず》をふりながら舞《ま》いはじめました。しずかな音楽に合わせて、しずしずと舞うすがたは、とてもきれいでした。

みんなも舞台の下に集《あつ》まってきて見とれています。

ふとあたりがしずかになって、みまわすとあんなに大ぜいいた人々が急にいなくなって、タァタとバァバだけになりました。

「あれっ」と思うまもなく、ふわりと舞い上がったタァタは舞台の上にいました。そばにおかめの面を顔にのせたバァバもいます。

『たたいてごらん』

ピーッ、テンテン、ヒューッ、ポンポン
舞台の上の人たちは何もなかったように笛を吹《ふ》きたいこをたたいています。

男の人が手まねきしました。タァタはそばにすわってたいこをたたきました。

『さあいっしょにえんそうだ』

その人がみんなに声をかけました。女の子たちは横《よこ》にすわって見ています。
とつぜんたいこのテンポがかわりました。
ドーン、ドーン、大だいこが鳴ると、
♪ドンドン　ヒャララ
ドンヒャララ
と、楽しい曲になって、タァタもうれしくなって小だいこをたたきました。バァバもいつのまにか笛をもってピーヒャララと吹いています。
「ぼく大きくなったら、大だいこたたこっと」
タァタは、トントントトトとみんなに合わせて小だいこをたたきながら、お祭りって、なんて楽しいんだろう、と思っていました。

とんとん秋じまい

「そろそろ秋じまいね」

バァバがひとりごとをいいながら、畑《はたけ》の方へ歩いていきます。

タァタもいそいで庭《にわ》へ出ました。

「バァバ、秋じまいってなァに」

「冬のやさいをのこして、秋やさいをかたづけるのよ。ほら、夏ごろからゆでて食べていた枝《えだ》豆《まめ》が茶色になっているでしょ。あれをたたいて大豆《だいず》をとるのよ」

「ああ、からからにかわいてる」

「一つとって中の実《み》を出してごらん」

「まんまるな種《たね》が出てきたよ」

「それが大豆よ」

「これほんとに、あの大豆?」

「緑《みどり》色でだえん形だったでしょ。みのるとまんまるになって、うす茶色の大豆になるのよ」

「へえ、大へんしんだ」

「これが、おとうふやなっとうや、おみそなどに、またまた大へんしんするってわけ」

「へえ、すごいなあ」

「ほら、この枝ごとつちでたたくと豆がとびだすのよ。タァタもてつだってね」

「オーケー！　まかしといて」

　タァタとバァバはむしろにすわって、大豆の木を一たばずつ手にもって、とんとんつちでたたくと、まんまるな豆がとびはねるようにして下に落ちます。

　ころころとかたい豆です。

　タァタはちょっと手をとめて、さやを一つ手にとりました。大豆がどんなふうにさやの中に入っているか、もっとよく見たくなったのです。

　タァタがさやをパリッとわってのぞきこむと、三この豆が、うーんとのびをしたところでした。

　タァタはびっくりして、さやをほうりだしました。

『イテッ、らんぼうだなァ』

『たたかれるよりましかも』

『ぼくら、大豆三兄弟《さんきょうだい》さ』

　三つの豆が口ぐちにタァタに話しかけました。三兄弟だけ手と足がついています。

『さあ、いっしょに遊《あそ》ぼう』

いつのまにかタァタも大豆くらいの大きさにへんしんしています。

「大大の大へんしんだあ」

タァタはうれしくなって、大豆三兄弟についていきました。

大根《だいこん》やかぶが大きな林や森のように見えます。その中をかくれんぼしたり、めいろあそびをしたりしました。

バサバサバサ、大きな羽音がして、あたりがまっくらになりました。

『たいへんだっ、ハトがきたぞ』

『みつかると食べられちゃうよ』

『どこかへかくれなきゃ』

「ああ、あのハトは、ずうっと庭に住《す》んでいるキジバトだよ。いつもえさまいてるのに、きょうはぼくのことわからないだろうなあ」

タァタも動《うご》くと見つかって食べられてしまうと思って、アシタバのかげにかくれました。

クックックッ、ホウホウホウ
二羽《わ》のハトは、大きな音をたてて歩きまわります。ときどきかたいくちばしで地面《じめん》をつつくと、小さくなったタァタには、地しんがおきたようにかんじられました。

ころころころがるように大豆三兄弟がにげてきました。みんな木のかげにかたまります。

「バァバ、たすけて!」

タァタはひっしにさけびました。

大きな地ひびきがして、大きな声がわわあんとひびきました。バァバがどっこいしょと立ち

上がったようです。

「あら、ハトさん、これはだめよ。おみそにする豆ですからね。おせんべいもってきてあげましょ」

バァバがちょっとしめったおせんべいをゴソゴソわってハトにやりました。ハトはむちゅうでつついています。

「いまのうちだ、にげよう！　きみたちもなかまのところへもどったら」

タァタがいったとたん、タァタはもとのタァタにもどって、足もとに三つぶの大豆がころがっていました。

「きみたちおみそにへんしんしたくないよね」

タァタは大豆をひろってポケットにしまいました。

カルタ遊《あそ》び

タァタはひらがなが読《よ》めるようになって、バァバと時どきカルタ遊《あそ》びをします。二人で読む人になったり、取る人になったりします。犬ぼうカルタなどは、なんども遊んでいるうちに、そらでいえるようになりました。

バァバが、すぐ前にあるふだに気づかずに、きょろきょろさがしていると、

「ほらバァバ、そこにあるじゃない」

タァタはこらえきれずにおしえてしまったりします。それでもバァバは、

「しょうぶはきびしいわよ。かくごして」

と、うでまくりをしていうので、タァタも、

「しんけんしょうぶだからね」

と、りきんでみせます。

「ああ、また取られちゃった。なんてタァタはすばしっこいのかしら」

バァバはぶつくさいいながら、カルタをにらんでいます。

「いぬもあるけば、ぼうにあたる」

タァタが大きい声《こえ》で読みあげたときです。

カルタがひらりと飛《と》び上がり、へやの外にとんで出ていきました。いつのまにか犬がいて、ひょこひょこ歩きまわっていましたが、門を出ていきます。

タァタとバァバは「それっ」とへやをとび出して、犬をおいかけました。犬は町かどをぬけて、せまいろじをまがります。

道の両《りょう》がわの家ののきさきには、はちうえのぼんさいや、よせうえのはちなどがおかれていて、きれいな町なみです。

犬は立ちどまって花にはなをくっつけたり、電柱《でんちゅう》にひょいと足をあげてマーキングしたりして、楽しそうに歩いていきます。

「ねえ、バァバ、あの犬首輪《くびわ》しているよ。どこかでかわれていたのかしら」

「でも、カルタの犬にそっくりだし、さっき見たでしょ。カルタからとび出したのよ」

「ああそうだった。つかまえて、もとにもどさなくちゃ」

二人はそっとあとをつけて、犬をつかまえることにしました。

犬はたんけんたいに気づいたのでしょう。きゅうにそわそわと歩きだしました。犬はよそみもせず、どんどん前に進《すす》みます。角《かど》をまがりました。

「それっ!」

タァタとバァバもおいかけます。

「あっ、あんなところにいるよ」

「あらあら、ころがっちゃった」

なにかにつまずいたようです。犬はよろよろ立ち上がりましたが、またことんところびました。

二人は走っていきました。犬のそばに一本の丸太がころがっています。

「ほらね、かってに遠くに行くからだよ。『いぬもあるけば、ぼうにあたる』って、ぼくが読んだばっかりでしょ」

「早く家につれてかえりましょ」

バァバがそっと犬をだきあげました。タァタもしんぱいそうにのぞきこみながらついていきます。

「ここは、やっぱり見たことない町だわ」

「ぼくたち、おうちにかえれる?」

「だいじょうぶよ。タァタとバァバのたんけんたいに、かいけつできないものなしよ」

バァバがいばったかおをしていったとき、うでの中の犬が、ひょいと下にとびおりると、ふるふるっと身《み》ぶるいしました。

するとあたりがすうっときりにつつまれるようにきえて、タァタとバァバは、いつものへやにすわってカルタあそびをしていました。

タァタは持《も》っている読みふだを、大きな声で読みあげます。

「いぬもあるけば、ぼうにあたる」

「あったあった！　ハイハイッ」

バァバはいきおいよく、犬の絵のついたふだをとりました。そしてさっきの犬をだいたときのように、とりふだをむねのところにだきしめて、にっこりわらいました。

二人は犬をおいかけたことなど、わすれたように楽しくカルタあそびをしています。

「せいてはことをしそんじる」

「あわてない、あわてない、ね」

タァタとバァバはいっしょにいいました。

タケノコほりで

タァタとバァバはお寺《てら》のうら山にいます。バァバの友だちで、お寺のおくりさまが育《そだ》てている竹林《ちくりん》にタケノコとりに来たのです。

三月になっても朝の早い時間は、はく息《いき》が白い湯気《ゆげ》になって出ます。手袋《てぶくろ》の手もかじかんでいます。

「寒《さむ》いけれど、空気がぴんとしまって、いいにおいねえ」

「ほんとだ。これタケノコのにおい?」

「山のにおいかしら。土のにおい、竹のにおい、早春のかおりね」

バァバは、はしゃいでかれ葉をサクサクふみしめながら、歩きまわっています。

「早くタケノコを見つけなきゃ」

タァタは地面《じめん》に目をこらしました。

「あっ、これタケノコだよ。さわるとかたいよ」

「どれどれ、あらよく見つけたわねえ。地面にもぐっているのが、やわらかくておいしいの」

タァタがまわりの土をはらうと、バァバはサクッと地面にスコップをつきさして、ぐっともち上げました。中から、十五センチほどのやわらかな色のタケノコがおどり出ました。

「やったあ、タケノコ一号《ごう》」

それからふたりは、あちこちさがしまわって、ざる一ぱいのタケノコをほり出しました。

「だいしゅうかくね。おくりさまに見せましょ」

タァタとバァバが、ざるをもち上げようとした時です。ざるの中でなにか動《うご》いています。

『ああ、やっと出られたァ』

『早く林の中を歩きまわりたいわ』

タケノコの皮《かわ》の間から、昔風《むかしふう》の着《き》物《もの》を着た男の子と女の子がのぞいて、かわいいうでをのばして『うーん』とのびをしています。

タァタとバァバは顔を見あわせました。

「あの子たち、竹の精《せい》かしら」

「竹の精って?」

「竹の中に住《す》んでいる神《かみ》さまのお使いみたいなもの……かな」

「神さまには見えないけど……」

「あなたたち、竹の中に住んでたの?」

男の子と女の子はびっくりして、タァタとバァバを見つめました。

『竹の子童子《わらし》だよ。土の中に住んでいるんだ』

『春になってタケノコがのびる時だけ、皮にもぐりこんで外に出られるの』

『土の中は暗いし、しめっぽいけど、何年も住んでいるからなれちゃって平気《へいき》さ。でも、春に一回だけ外に出られるのは楽しみだよ』

『ほり出してくれてありがとう。じゃあ私たち遊《あそ》びにいくから』

男の子がざるからピョンととび出ると、女の子もひらりととび上がって、ざるのはしから地面におりました。

タァタとバァバはあわててさけびました。

「どこへいくの。私たちもつれてってェ」

『じゃあ、ついておいでよ』

『いっしょの方が楽しいわ』

女の子はうれしそうにいいました。

いつのまにか竹の子童子は、タァタと同じ大きさになっています。ふたりは外に出られたのがよほどうれしいのでしょう、とび上がるようにして走ったり、大きなもうそう竹によじのぼって遠くを見たりしています。

そのうちに、みんなはおなかがすいてきました。バァバがポシェットの中からチョコレートやキャンディをとり出すと、めずらしい食べものを『わーい』と喜《よろこ》んで、みんなでほおばりました。

遊びつかれてみんなは、かれ葉にねころがって竹の葉の先から見える空を眺《なが》めました。

女の子が立ちあがって、あたりを見まわしています。

「なにをさがしているの」

タァタがきくと、女の子は葉の黄ばんだ大きな竹のそばに走っていっていいました。

『花の咲《さ》いたこの竹はもうじきかれてしまうわ。その時、竹の中にとびこんで私たちも地中にかえるのよ』

「もう行っちゃうの?」

『もうおわかれしなくちゃ。竹の子童子を忘れないでね』

「来年《らいねん》も会えるといいわね」

「ぼくたち、タケノコほりにきっと来るから」

竹の子童子は、にこにこ手をふりながら、ふわりふわり林の中に走っていきます。その姿《すがた》はだんだん春がすみの中にとけて見えなくなりました。

タァタとバァバは、いつまでも目をこらして、手をふりつづけました。

水玉ころころ

「つゆの晴れまは、うれしいわ」

バァバはせんたくものをほしています。

「庭《にわ》がでこぼこだねえ」

タァタは、ところどころの水たまりに、畑《はたけ》の砂《すな》をはこんでは、うめています。

「ありがと。歩きやすくなるわね」

雨にぬれた砂はとても重くて、タァタのおでこは、あせでぴかぴかにひかっています。

「ドッコイショ」

バァバの口まねをして、砂をどぼどぼとあけたときです。

『タスケテエ』

小さなひめいが聞こえました。見ると、水色のすきとおった、まんまるな玉のようなものが、砂の中をもがきながら出てきました。

「見たことのない虫がいるよ」

バァバが、どれどれとやってきました。

「あら、虫じゃないわね」

水色の玉は、ころりところがると立ち上がりました。

『ぼくは水の精《せい》です』

体の砂をはらいながら、ちょっとときどった声でいいました。

「ああ、水たまりの精だね」

『水たまり？　とんでもない、水玉《みずたま》の精です』

「それで何してたの？」

『空からふってきて、ちょっと遊《あそ》んでから、地面《じめん》の中に入っていこうと思ったのに、きみがじゃましたんだ』

「地面に入って、どうするの？」

『どうして、どうしてって、しつもんばっかり』

　水玉の精は、おこったようにとびあがって、くるんとまた一かいてんしました。

「アハハ、おもしろい！」

　タァタとバァバは、手をたたきました。

『からかわないで。ボクはどんどんもぐって、もぐって、地下水の中に入って、またどんどん流《なが》れて、川に出て、それから海に出て、それから……』

はあはあいきをしながら、水玉の精は、力いっぱいの声でいいました。

「わかった。ごめんなさいね。あなたは地球《ちきゅう》の精なのね。水のわく星の地球の精なのよね」

バァバがとてもまじめな顔でいいました。

「地球の精って？」

『ボクにはわかりません。でも、もう長い長い間、地球のまわりをまわっています』

「ねえ、ぼくたちも、きみのたびについていけないかなあ」

タァタはわくわくしながらたのみました。

『いいですよ。ほら、そこの水たまりにとびこめばいい』

いうより早く水玉の精はキラリ光りながら、とぽんと音を立ててとびこみました。タァタとバァバも手をつないで「せいのっ」と水たまりの中にとびこみました。

どんどん地下《ちか》にしずんでいきます。

「おおい、まってよォ」

ごうっと、下の方から音が聞こえてきました。地下水です。トッポン水の精がとびこみました。タァタとバァバもついていきます。

あたりにたくさんの水玉の精が流れてきて、じゅずのように手をつなぐと、タァタとバァバをのせてくれました。

どのくらい流れたのでしょう。とつぜん目の前に光がさしてきて空が見えました。緑《みどり》がまぶしい山にかこまれた谷川《たにがわ》のようです。

早かった流れが、だんだんゆるやかになって、大きな川に出ました。土手《どて》の向こうには町並《まちな》みも見えます。

『ぼくたちは海に出ていきます。タァタとバァバのたんけんはおしまいにして、もう帰った方がいいですよ』

「きみたちは、それからどうするの？」

『ハハまたしつもんですね。お日さまがぼくたちを呼《よ》ぶと、空にのぼっていきます』

「ああ、空の雲になるのね」

「わかった。また庭にふってくるんだね」

『またあいましょう』

「畑のやさいやお花といっしょに待《ま》ってるね」

タァタとバァバは、川岸《かわぎし》の草につかまって地面に上がりました。

「さようならァ」

気づくと、タァタとバァバは、青い空のうつった、庭の水たまりをのぞきこんで、手をふりつづけていました。

七夕《たなばた》の夜

♪ささのは　さらさら
　のきばに　ゆれる
　お星さま　きらきら
　きんぎん　すなご

　バァバは、つゆ空をながめながら、歌っています。タァタは、ささの葉につるす、たんざくに、いろいろなねがいごとを、いっしょうけんめいに書いています。タァタは、まだ字がよく書けません。それでも、ねがいごとはいっぱい出てくるので、しんけんに書きます。

「バァバ、歌ってないで、てつだってよ」

「はいはい。どれどれ、タァタのおねがいをちょいとはいけん」

　山のようなたんざくを、バァバは読みます。

《パパとママが、あまりおこりませんように》

　バァバが、フフと笑《わら》いながら読んでいます。

「なるほど、なるほど」

「これなァに?」

　バァバが首をかしげています。

《ぼくも、お舟《ふね》にのせてください》

「どれ？　あっ、それ見ちゃだめ」

タァタは、たんざくをバァバの手からいそいで、とりあげました。

「もう、あんまり見ないで。ひみつにしないと、おねがいがかなわなくなるんでしょ」

「タァタが、手つだってっていったくせに。バァバも、ひみつのおねがい書こうっと」

ふたりは、せなかあわせにすわりました。

夜になりましたが、雨はやみそうにありません。七夕《たなばた》のささが、いっぱいたんざくをぶらさげたまま、えんがわにおいてあります。

「天《あま》の川は、この雨の雲より、ずっとずっと遠いところにあるのだから、ここからは見えないけれど、ちゃんと七夕さまは天の川を渡って、出会っていらっしゃるのよ」

バァバが、机にかざりものをしなが

ら、タァタをなぐさめています。

ゴロゴロ　ドーン　ゴロゴロ
「雷《かみなり》さまだ」

「もう少し早く鳴れば、つゆ明けになるのに」

タァタとバァバが、えんがわから空を見上げました。

ゴロゴロ　ピカッ！

光が走ったとたん、まっくらな空にポカッとあながあいて、星空《ほしぞら》がのぞきました。

「わっ！」「うえっ！」

えんがわに、しりもちをついたふたりの前に、空から、するすると、青くすきとおった舟が降《お》りてきました。

銀色《ぎんいろ》の服《ふく》を着た人が、持《も》っていた銀のろを舟べりにおくと、タァタとバァバに向かって、こちらにおいでなさい、と手まねきをしました。

タァタとバァバは、声も立てず、ぼんやりしたまま、そちらに歩きだすと、ふたりの体はふわりと浮《う》いて、舟にすいこまれていきました。

青い舟は、静《しず》かに星空に向かって、流《なが》れるように動《うご》いていきます。

どのくらいの時がたったのかわかりません。くらかった空に満天《まんてん》のほしが輝《かがや》いて、あたりがすっかり明るくなり、金色の砂がしきつめられたような天の川が見えます。

銀色の服のひとが、やっと口を開《ひら》きました。

『ようこそ、おいでくださいました。今夜は、けんぎゅう、しょくじょ、つまり、ひこ星さまとおりひめさまの、年に一度の出会《であ》いの日です。空にある星という星が、お祝いをするのです』

「ぼくのおねがいを、きいてくれたんだね」

「まあ、タァタ、七夕さまのお舟にのりたかったの?」

その時、天の川が、どんどん輝きをまし、流れるような光があたりをつつみました。ふたりがいる岸《きし》と、はるか遠い岸の両側《りょうがわ》からキラキラと光るものが現われて、静かに天の川の真ん中に向かって動いていきます。

光の中に、青くすきとおった舟が浮かんで、銀のぬいとりの白い羽衣《はごろも》をなびかせた人の後姿《うしろすがた》が見え、向こう岸から近づく舟の中には、金のぬいとりの白い羽衣の人が立っています。

タァタとバァバは、ただうっとりと見つめていました。

♪ささのは　さらさら
のきばに　ゆれる
お星さま　きらきら
きんぎん　すなご

遠くでだれかの歌う声が聞こえていました。

秋の花火大会

「ぬけるような青空って、こういう空よね」

「空気がかわいて、すんでるんだね」

「天高く……、風が、とってもさわやか」

タァタとバァバは庭《にわ》に出て、深呼吸《しんこきゅう》しながら空を見上げています。

暑かった夏が終《お》わって、庭には、秋の虫が鳴いて、コスモスや菊《きく》の花が咲《さ》きだしました。

「いつのまにか、すっかり秋景色《あきげしき》だわ」

「台風《たいふう》が夏をどこかへ、つれていったんだよ」

ふたりはさっそく秋の庭のたんけんです。植《う》えこみの中に入ったとき、タァタがあとずさりしました。

「タァタ、どうしたの？」

「しっ！　なにかいるよ」

「あら、小人《こびと》たちが大勢《おおぜい》歩いて来るわ」

タァタとバァバはびっくりして見つめます。

『さあ、しっかりかついでおくれ』

『ワッショイ、ワッショイ、それいけ、ワッショイ』

先頭《せんとう》の小人のかけ声に合わせて、みんなで大きな水でっぽうのようなものをかついで、歩い

て来ます。五、六組はいるようです。

タァタとバァバのそばに来ました。

『ちょっと、とまれェ！』

小人たちは、わいわいいいながら、
二人のまわりをとりかこみました。

「バァバ、あのつつ、大ほうかしら？」

「まさか。ちょっと、ねえあなたたち、なにしてるの？」

「きみたちどこへ行くの？」

タァタとバァバがききました。

『きょうは、花火大会《はなびたいかい》さ』

先頭の小人が、とくいそうにいいました。

『よかったら、いっしょに見物《けんぶつ》しておくれ』

「今から、花火大会なの？」

「夜にならなきゃ、きれいに見えないよ」

小人たちは、いっせいに笑いました。

『夜に花火大会だってさ！』

『暗《くら》くて見えやしない』

『早く見せてあげなきゃ、こりゃだめだな』

先頭の小人が手を高く上げました。

『静《しず》かに！　さあ出発《しゅっぱつ》だ。タァタとバァバもいっしょにおいで』

上げた手をくるくるまわすと、タァタとバァバは、小人たちと同じ仲間《なかま》になって、つつをかついでいきました。

『ワッショイ、ワッショイ、それいけ、ワッショイ』

かけ声が大きくひびいて、小人たちは、どんどん歩いて、花畑《はなばたけ》の方へ行きます。

バァバの育《そだ》てた菊のところに来ると、めいめいのつつをおろして地面《じめん》に並《なら》べました。

『では、それぞれの菊をえらんで、花火大会をはじめよう』

『わたしたちはモリザキの大ギクにします』

『ぼくたちは、エドギクの中ぎくです』

『イチモンジギクが気に入りました』

『ぼくらは、サガギクにしました』

『わたしたちは、ホソクダの大ぎくです』

口々に報告《ほうこく》して、菊をつみはじめました。

「あら、まあ、せっかくたんせいした菊よ」

『まあ見ていて下さい。ぜんぶつんだりしませんからね』

小人は、すましていいました。

「だって、大切に育てたのよ」

バァバは、まだぶつぶついっています。

ポンポン

シュー、ポン
ヒューン、パッ、パツ

花火大会がはじまりました。

青い空に、菊の花火が咲きます。

「きれいだねえ」「まあ、きれい！」

タァタとバァバは、見とれてしまいました。

「バァバの菊が、あんなにきれいに光ってる」

「秋の空には、菊の花火が一番あうみたい」

『そうでしょ。どうです、みんなの腕《うで》前《まえ》は』

小人はとくいそうにそういうと、手を上げて、空を指《ゆび》さしたり、畑を指さしたりしました。

するとどうでしょう、空に上がった菊の花火が、すうーと降《お》りてきて、ちゃんともとの枝《えだ》について、ゆれています。

上がっては降りてくる、秋の花火大会は、いつまでもつづきました。

栗名月《くりめいげつ》の日に

「中秋《ちゅうしゅう》の名月《めいげつ》は雨で見られなかったから、今夜こそお月見しなくちゃね」

「また名月が出るの？」

「そうよ。後《のち》の月といってね、今月の十三夜の月を栗名月って呼《よ》ぶのよ」

「中秋の名月はイモ名月だったよね」

「そうよ、せっかくおいもの形のおだんごをおそなえしたのに、お月さまは出なかったわ」

「バァバ、今日はだいじょうぶだよ。こんなに晴れているもの」

「さあ、お月見のしたくしなくちゃ」

バァバが、どっこしょと立ち上がったので、あわててききました。

「また、おだんごかざるんだね」

「ざんねんでした。でも栗ごはんたいて、栗の茶《ちゃ》きんしぼりのお菓子を作るつもりよ」

「ふーん、茶きんしぼりかあ」

「あらタァタ、栗のお菓子《かし》きらいなの？」

「きらいってほどじゃないけど……ほんとはおだんごの方がすき」

「あらあらこまった。タァタに手伝《てつだ》ってもらおうと思っていたのに」

「なになに、ぼくお手伝い大好《だいす》きだよ」

バァバのお手伝いは、いつも楽しいことのおまけがつくので、タァタは大好きでした。

「ほら、この栗の皮《かわ》をむくのよ」

「わあ、こんなにたくさんなの。つめがはがれちゃうよ」

「もんくはなしよ。さ、はじめましょ」

タァタとバァバは、少しゆでてやわらかくなっている栗の皮を、ナイフできずをつけてむいていきます。

「かたいなあ」

「しっかりね」

ふたりは、いっしょうけんめいです。

「バァバ、栗の中に、時どき虫がいるよ」

「ゆでて死んじゃっているけど、ちょっと気のどくね」

「ねえバァバ、こんなかたい皮の中へ、こんな小ちゃな虫がどうやって入るのかなあ」

「ほんとね。バァバも感心《かんしん》しちゃうわ。それに、栗のいがのおそろしいトゲを通ってだもの」

「虫ってねえ、どこにでもいるんだよ

ね。バァバの作った枝豆《えだまめ》の中にもいっぱいいたし」

「農薬《のうやく》をあんまり使わないから、バァバの畑《はたけ》は虫の天国《てんごく》だわ」

「笑《わら》っている場合じゃないでしょ。せっかく作っても何もならないじゃない」

「よそに売りに行くわけじゃないから、虫さんと、分けっこするのよ」

ふたりは、手や口を動《うご》かしながら、ざるに入った栗の皮をぜんぶむきおわりました。

「ありがと。まっててね。おいしいお菓子ができるから」

バァバは、いそいそと台所《だいどころ》へ消えました。

「さてと」

タァタは、パパの口まねをして、庭《にわ》に出ました。晴れた青空に、つーいつーいと赤トンボが飛《と》んでいます。

タァタは飛んでいく赤トンボを追っていきました。トンボは四枚の羽を静《しず》かに動かしてすべるように飛んでいきます。

庭の中ほどで、ちょっと止まって、羽をふるふるさせると、タァタのそばに来ました。

『これからタマゴをうみにいくのよ。ついてきてね』

「どこにいくの?」

『すぐそこよ。庭の裏《うら》の池のところ』

トンボがタァタの頭の上でひとまわりすると、タァタはトンボの体の上に乗《の》っていました。すーいすーいトンボは飛んで池に来ました。たくさんの仲間《なかま》がいます。

「わたしたちの子どもたちは、この池の中で育《そだ》つのよ」

トンボは、仲間の中に入って、みんなでタマゴをうみました。とてもいっしょうけんめいになって、うんでいるようすが、タァタにもわかりました。

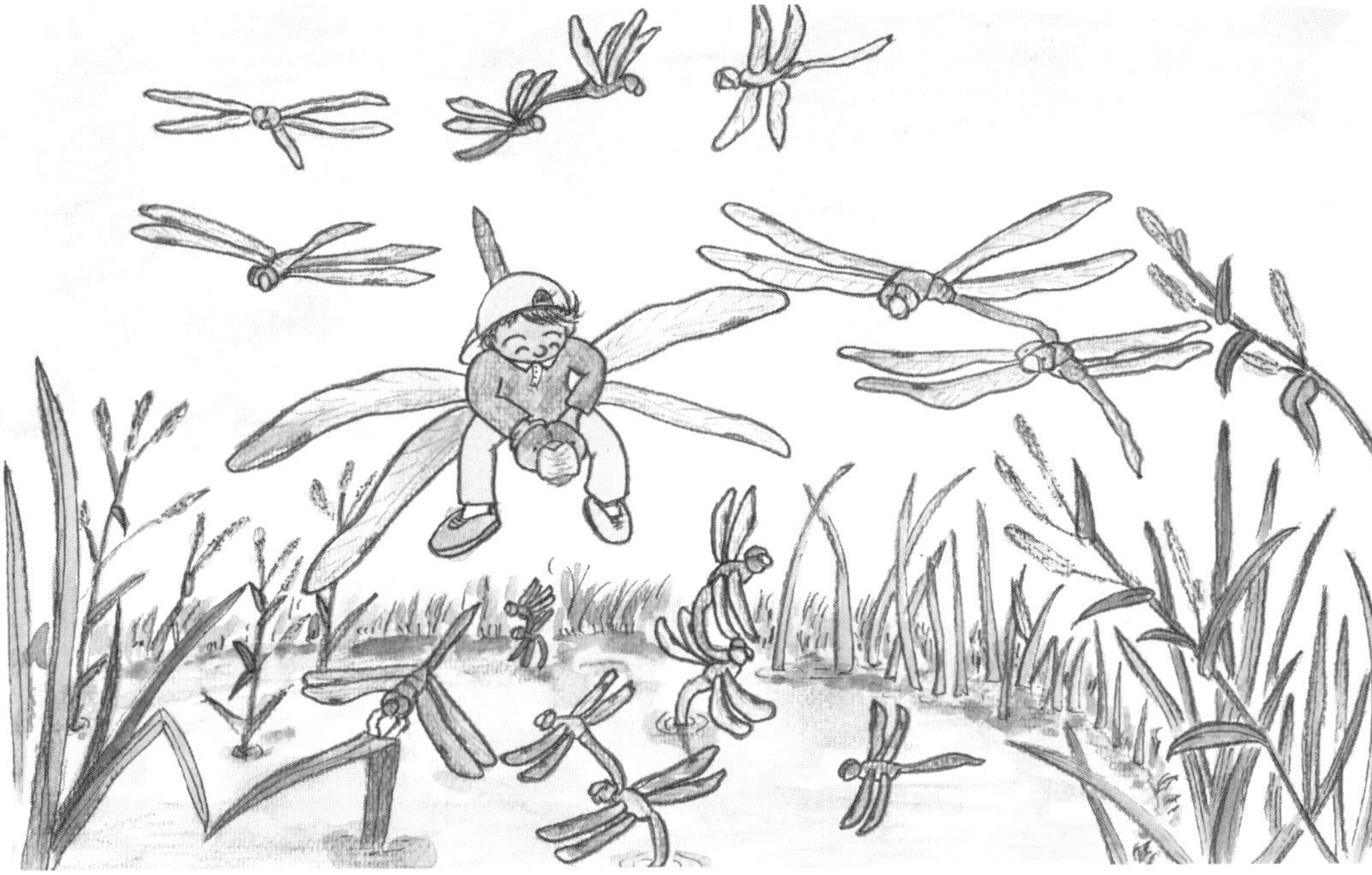

さっきのトンボがタァタのところへ来ると、

『見たでしょ。虫だってみんな親がいて、生まれるのよ』

タァタを庭まで送ると、トンボはまた青い空の中へ消えていきました。

十三夜の月が美しく空にかかりました。茶きんしぼりもおいしくできました。

「栗の虫も、イガイガの中へ親がいっしょうけんめいもぐって、タマゴをうむんだよね。一番栗の中が好きな虫だね、きっと」

「そうね。生きているものに用のないものはないっていうから、虫さんも、あんまりきらってはかわいそうね」

ふたりは、中秋の名月よりちょっと淋《さび》しい後《のち》の月を、とても澄《す》んで美しいと思いました。

秋のせんぷうき

♪枯葉《かれは》よ～　ラララララァ～

バァバが、もみじの木を見上げて、きどった声で歌っています。

♪かきねの　かきねの　まがりかど
　たきびだ　たきびだ　おちばたき
タァタが元気よく歌いながら庭《にわ》に出てきました。

「タァタったら、またまぜっかえして。せっかくシャンソンで、秋をおしんでいたのに」

「それなら、バァバの好《す》きな歌があるでしょ。♪ふけゆく秋の夜　旅《たび》の空の……」

タァタもけっこうきどって歌います。

「あらあら、音楽会《おんがくかい》になってきたわ」

バァバは、赤や黄に色づいて、あたりに散《ち》っている落葉をひろいながら歌います。

♪わびしき思いに　ひとりなやむ
「つるべ落としの秋の日っていうけれど、これからは日の暮《く》れるのも早くなるわ」

「バァバ、今日はなんだか、ぐちっぽいよ」

「野山《のやま》がにしきおりみたいに、きれいになっているのは、木の葉が散る前のお祭《まつり》りね」

「お日さまも、日の出の時は勢《いきお》いがあって、ぼく大好き。でもまっかな夕日は、きれいだけど、ちょっと元気ないよね」

「タァタは詩人《しじん》ねえ。バァバも入日《いりひ》を拝《おが》むと、いつもちょっとさびしい気持《きも》ちになるわ」

「馬こゆる秋」なんて、食べることばかりいっているふたりが、いつになく、しんみりと話し合っています。秋も深くなりました。

「ねえタァタ、散歩《さんぽ》にいきましょうか」

「秋色たんけんたいだね。さあ、しゅっぱァつ」

タァタは黄色のぼうしをかぶり、バァバはポシェットをさげました。

♪たんけんたい、たんけんたい。

タァタとバァバのたんけんたい

丘を降《お》りて町の方へ歩きます。遠くの町なみの手前に、大きな茶畑《ちゃばたけ》がつづいています。

「あれっ、お茶畑に、へんなものが立っている」

「ああ、あれね。畑の冬じたくよ」

「でも、ポールの先についているの、

夏のせんぷうきみたい」

「せんぷうきよ。秋のせんぷうき」

「どんどん寒《さむ》くなっているのに、夏になかったせんぷうきを、今ごろどうしてつけるの?」

「せんぷうきさんに聞いてみたら」

バァバがポシェットをふりながらいいました。

『タァタくん、よく来たね』

上の方で太い声が聞こえました。

「せんぷうきさんが、しゃべってるよ」

「こんにちは、またごくろうさまな季《き》節《せつ》ね」

『バァバさんには、お元気そうで……』

「夏のせんぷうきさんが、秋に出てくるのって、どうして?」

『は、は、は、タァタ、ものごとをきまりきったことだけと思うのは、まちがいだよ。ぼくらのやくめは、これからだってこと。そうだ、お茶の木にきいておくれ』

「バァバもせんぷうきさんも、いじわる」

タァタはちょっぴり腹《はら》を立てて、どんどん茶畑の中に入っていきました。

『あらタァタ、ごきげんななめのようね』

足もとで声がします。

「お茶の木さんなの？」

『私たち、これから冬ごもりで、力をためて春にそなえるの』

「春に芽《め》が出て、五月になると茶つみだよね」

『タァタ、十一月を霜月《しもつき》っていうの知ってる？』

「ぼくそういうの、まだ知らない」

『一月から十二月まで、季節によって呼《よ》び方があるのよ。人間の言葉ってすてきね』

「ふうん、またバァバにおしえてもらうよ」

『十一月が霜月なのは、そのころから霜が降りるからよ』

「それなら知ってる。バァバがお花の木の下にわらをしいて、霜よけっていってるから」

『それそれ、秋のせんぷうきも、私たちを霜から守《まも》るためのものなの』

「涼しくするためのせんぷうきが、秋は暖房《だんぼう》になるの？　なんだか変だなあ」

『しめった空気が下に降りて露《つゆ》になるの。夜になって冷《ひ》えると、霜になるの。秋のせんぷうきは、そのしめった空気を吹《ふ》きとばしてくれるのよ』

「わかった。ものは使いようって、バァバがいってる、そのことだよね」

タァタは、黄色のぼうしを、バァバに向かって大きくふりました。

春のコーラス

♪梅《うめ》の小枝《こえだ》で　梅の小枝で
　うぐいすは　春が来たよな夢《ゆめ》を見た
バァバの鼻歌《はなうた》が縁先《えんさき》から聞こえます。

「バァバ、うぐいすがいるの?」

タァタがそっとのぞきました。

「まだ鳴いていないわ。梅が満開《まんかい》になったから、早く来ないかな、と思って」

「去年《きょねん》の今ごろ来たんだよね。あったかい春をつれて」

「フフフ、タァタがまた詩人《しじん》になった」

縁側《えんがわ》の日だまりの中で、ふたりは顔を見合せて笑《わら》いました。

「外はあったかそう。おさんぽ、おさんぽ」

タァタが黄色いぼうしをふりまわしたので、

「はいはい、たんけんたいですね」

バァバもどっこいしょと立ち上がりました。

ピンクのポシェットは、ちゃんと肩《かた》にかかっています。

庭《にわ》はすっかり春のよそおいです。満開の梅の木の下には水仙《すいせん》が咲《さ》いて、一面《いちめん》が雪をかぶったように見え、いい香《かお》りがしています。パンジーやプリムラも色とりどりに咲きました。モクレンの枝先《えださき》には、たくさんの花芽《はなめ》が大きくふくらんで、つんつん天をさしています。
枯《か》れ色だった庭は、いつのまにか、うすくれないやうすみどりいろにつつまれて、ぼうっとかすんで、ほほえんでいるみたいです。
「やっぱり、もう春ねえ」
「ぼく、春が大すき」
ふたりは、うきうきした気持《きも》ちのまま、知っているかぎりの春の歌を歌いながら歩きます。
♪春のうららの、すみだ川
♪春よこい、早くこい
　歩きはじめたみよちゃんが
♪春の小川は　さらさらいくよ
タァタはバァバから、昔《むかし》の童謡《どうよう》をたくさん教《おし》えてもらっているので、いくらでも歌えます。
♪うぅらァらァ　うぅらァらァ　と　ひもォ……
♪キョキョキョッキョキョキョキョッキョ
　キョキョキョキョッキョキョキョキョッキョ
どこからか歌に合わせて鳴く声が聞こえます。
♪うぅらァらァ　と　ひもォうららァ
ふたりは耳をすませながら、合唱しました。
「鳥がいっしょに歌ってるんだよ」
タァタがささやきました。
「やめちゃだめよ。ほら、もういちど」
♪うららァ　うらら　うらうらと

♪ケキョケキョキョキョー　ケキョケキョキョキョー
「あっ、あそこにとまってるよ」

「ものまねさんは、ウグイスだったのね」

ふたりは、梅の木の下にいきました。

「こんにちは、ウグイスさん」

「今年も梅の木に来てくれたのね」

♪ケキョ　ケキョ　ホーホケキョ　ケキョ
ウグイスは枝《えだ》から枝へとびうつりながら、声をはりあげて鳴きました。そして、タァタの眼《め》の前の枝にとまると、やわらかい緑《みどり》色の頭をあちこち動《うご》かしながらいいました。

『タァタもバァバも、ぼくがこの庭に、去年の秋から住《す》んでいたのに気づかなかった？』

「知らない。春になって来たんじゃないの」

『ずっと鳴く練習《れんしゅう》してたけど、うまくいかなくて。さっきのタァタの声に合わせたら、とってもいい声が出るようになって、うれしくてさ』

♪ケキョ　ケキョ　ホーホケキョ
すると、高い枝にまた一羽《いちわ》ウグイスが飛《と》んできました。ケキョケキョと鳴いています。

♪ケキョケキョ　ホーホケキョ
ウグイスはすんだ声をはり上げると、うれしそうに枝から枝にうつりながら、高い枝の方へ飛んでいきました。

二羽のウグイスは、グルグル、ケキョケキョ、ホーホケキョと鳴きかわしていましたが、こんどはいっしょにタァタのそばに来ました。

「なかまができてよかったたね」

『ぼくの歌が聞こえたんだって』

『わたしたち、春の終《お》わりごろから山に行くの、卵を産《う》んで、ひなを育《そだ》てるのよ』

『秋になったら、子どもたちをつれて、またこの庭に帰ってくるからね』

『このお庭の木の虫や、花のみつをいただくの。よろしくね』

「そうかあ、ずっと住んでいたんだね。知らなかったなあ」

「春になるまで、いっしょうけんめい歌を練習してたなんて、えらいわ、ウグイスさん」

「子どもたちをたくさん育ててきてね。大コーラスしよう！」

♪梅の小枝で　うぐいすは
　春が来たよな夢《ゆめ》を見た
タァタとバァバは歌いながら、たんけんたいのつづきをしに歩いていきました。

光のメダカ

「わあァ!、いたァ!」

どおんと大きな音がして、バァバの悲鳴《ひめい》がきこえてきました。

「バァバ、どうしたの? だいじょうぶ! バァバ」

タァタは外にとび出しました。

雨が降《ふ》って、ぬかるんだ庭《にわ》で、あおむけにころんだバァバが、起《お》き上がろうともがいています。そばにバケツや、たわしなどがころがっています。

「ほら、ぼくにつかまって! 腰《こし》はだいじょうぶ?」

タァタは、バァバをちからいっぱいだき起《お》こしました。

「ああ、ありがとう。あっいたたァ」

「バァバ、なにしてたの?」

「あったいへん! タァタ、メダカ、メダカ早くひろって!」

見ると、ひっくりかえったバケツの水が、わずかにたまっている中に、メダカがアップアップしています。

タァタはバケツをもって庭のすみの水道の蛇口《じゃぐち》から水をくむと、急いでメダカをつまみ上げて、つぎつぎにバケツに入れました。バァバも痛《いた》い腰をさすりながらメダカをひろっています。

「死《し》んでないよ。よかったねえ」

タァタがバケツをのぞきこんだ時です。

『わたしの子どもたちはどこ！　たすけてください。たすけてください』

小さな声がバケツの中から聞こえました。

「バァバたいへん！　なにかいってる」

バァバがのぞきこむと、声が大きくなって、

『さむいのこまります。はやく見つけて、たすけてください。たまごはどこですか』

「まあ、たいへん。サーモスタットで水を温《あたた》めていたから、春先でもたまごを産《う》んだのね。水草だわ。水草はどこにいっちゃったのかしら」

タァタとバァバは庭の花や草むらの中をさがしまわりました。

「あっ、あった！」

タァタが花だんの中から黒ずんだ水草をそっともち上げました。

「どこについているのか、ぜんぜん見えない」

「どれどれ。そうだわ、見つけるさきに、バケツ、バケツに水をくんできて」

タァタがもうひとつのころがっているバケツをもって、いそいで水をくんできました。

「水草をかえて、メダカの水もかえてやろうと思って、ころんだのよ」

バァバは痛《いた》い腰をさすりながら、バケツに水草を入れると、そっとのぞきこんで、たまごをさがしました。

「あっ、光ってる！　タァタものぞきこみました。

「あっ、光ってる！　なにか光ってる」

水草が、まるでクリスマスツリーをかざったときのように、小さな光があちこちでチカチカ光っています。

「バァバ、虫メガネ、虫メガネ！」

虫メガネでのぞくと、水草の細い枝《えだ》にチロチロぶらさがっているものが見え、それがまるで七色の虹《にじ》のように光っています。

「バァバ、あれがたまごだよね」

「こんなに光るたまごははじめてよ。どうしたのかしら」

『わたしの子ども、見つかったのね』

「だいじょうぶだよ。とっても元気そうだよ」

『ありがとう。いっしょうけんめい産《う》んだの。すこし寒《さむ》かったけど、がんばった！』

「メダカさん、おどろかしてごめんなさい。これから気をつけるわ」

「これからあったかくなるからだいじょうぶ。バァバがころんだから、たまごが見つかったのかも」

バァバはメダカを入れた水そうと別《べつ》の水そうを並《なら》べて棚《たな》におきました。二つの水そうは、お

たがいがよく見えます。

　ある日、水そうにくっついていたたまごのかたまりがふるふると動《うご》くと、小さな小さなメダカたちがキラキラ光りながら出てきました。

『わたしの子ども、生まれたのね、うれしい』

　おかあさんメダカが水そうにくっつくようにして、元気《げんき》に泳《およ》ぎだしたメダカの子どもを見つめています。

「もう少し大きくなったら、いっしょにしてあげるわね。光のメダカさん」

「バァバ、その時はまたころばないでよ」

　タァタが、しんぱいそうにバァバにいいました。

ハンカチひらひら

久しぶりの梅雨《つゆ》の中休み、バァバが洗濯物《せんたくもの》を干《ほ》しています。

「お日さまが元気《げんき》だと、ほんとにありがたいわ」

麦わらぼうしをかぶったバァバも、今日のお日さまみたいに元気です。

「もう、すっかり夏だよね」

タァタはひたいの汗《あせ》をぬぐいながら、

「お仕事《しごと》がすんだら、たんけんたいに行こうよ」

と、黄色のぼうしを、トンとたたきました。

そよ風が木の間を通りぬけて、早く早くとさそいます。

タァタとバァバは、スキップをするように歩いていきました。

「遠くの山が、青葉でもりあがっているわ」

「この間まで、桜《さくら》やつつじが咲《さ》いていたのに」

「目には青葉、山ほととぎす、初がつお」

バァバが歌うようにいうと、

「バァバの歌はかならず食いしんぼの歌になるよね」

「ざんねんでした。これはバァバの歌ではありませんよォ。昔《むかし》むかしの素堂《そどう》という人のよ」

「ふーん。それって調子いいね。ぼくの気持《きも》ちにもぴったりってかんじだし……」

「へえ、すごい、タァタにもわかるのね」

ふたりは、うきうきした気持ちのまま歩いていきます。

「やっぱり暑いわね」

バァバが白いハンカチをポシェットから出して、ひたいにあてたとき、ひゅうっと風が吹《ふ》いて、あっというまにハンカチをとばしてしまいました。

「あっ、あらあら、たいへん」

「おおい、まってえ。あんなに高くとんでっちゃったよ」

「あららァ、ハンカチがこまかくちぎれて、ひらひらとんでいくわ」

「どんどんふえてるみたい！　ちょうちょみたいに飛《と》んでいくよ」

ふたりは、青空に舞《ま》う白いきれを追いかけて走ります。

白いきれたちは、大きなかたまりになったり、パアッと散《ち》ったり、それはそれはきれいに見えました。

遠かった山が、どんどん近づいて、青葉が日の光にかがやいているのがわかります。

青空を流《なが》れていた白いきれたちがひらひらと舞いながら下におりてきます。

青い空にくっきりと山並《やまな》みが見えるあたりで、ぱっと花火が開《ひら》くように散ったとおもうと、はらはら、はらはら、降《ふ》るように山におりていきました。

「ああ、ああ、とうとう落ちちゃった」

「タァタ、早く行きましょ。たんけんたい、たんけんたい、ハンカチをさがさなきゃね」

「オーライ、オーライ、出発進行《しゅっぱつしんこう》！」

ふたりは山をめざして、どんどん歩いていきます。

山の中は、ひんやりしています。

「すずしいね」

「気持ちいいわ。木の香《かお》りもすてき」

「あんなにたくさんの白いきれだった

のに、どこへ行っちゃったんだろう」

「小さなハンカチにもどってるかもね」

バァバはあたりを見まわしています。

「ああ、あそこ、あそこ！」

タァタが大きな声をあげました。

林のおくに何十本とかたまって、白い花びらを頭にのせたような、きれいな木が立っていました。

「ヤマボウシの木だわ。白い花が天ぺんについていて、ぼうしをかぶったみたいでしょ」

タァタとバァバは走って木のそばにいきました。

「きれいだなあ。満開《まんかい》だね」

「ここに、こんなにたくさんのヤマボウシの林があったなんて、知らなかった」

「バァバのハンカチが咲かせたのかもね」

「ふふ、そう思うわ。さがすのやめよっと」

さよならツバメさん

玄関《げんかん》の蛍光灯《けいこうとう》の上に、ツバメが今年も巣《す》をかけて、ヒナたちが生まれました。親ツバメは一日に二百回以上も餌《えさ》を運《はこ》んで、いっしょうけんめい子育《こそだ》てをしています。

タァタは毎年やって来るツバメを待《ま》って、子ツバメの巣立っていくまでを、あきずに眺《なが》めて遊《あそ》びます。

親ツバメは、人が近づくと、キキッとするどい声をあげて飛《と》び立ったり、巣のまわりをせん回したりしますが、タァタにはすっかりなれて、そばで見ていても平気でヒナに餌を運んできます。

親のいない時のヒナたちは、巣の中にかくれてチッとも鳴きませんが、親の気配《けはい》がすると一斉《いっせい》に頭を上げ、首をぬけそうなほどのばして、シャア、シャアと鳴き立てます。親が飛びさると、とたんに静《しず》かになって、巣の中に体をかくしてしまいます。それでも大きくなってくると、頭の上にぽよぽよと生えた毛も巣からのぞいて、動《うご》いているのが見えて、タァタはかわいくてたまりません。

「おおい、ツバメさん、かくれんぼなんかしてないで、顔を出してよ」

タァタが呼《よ》びかけても、ヒナたちは知らんぷりです。しかたがないので、タァタも親ツバメが餌を運んでくるのを、じっと待つしかありません。

ヒナが生まれてから三週間ばかりたちました。

「タァタ、またツバメさんのたんけんたいなの？」

バァバが笑《わら》いいながらいいました。

「ほら、もうすっかり大きくなったよ。体が巣からはみ出してるでしょ」

子ツバメたちは四羽いて、巣からこぼれそうに身《み》をのりだしています。

「今年《ことし》はみんな元気に育ったわね」

「去年《きょねん》は、生まれたてのころ、一羽落ちて、その後もあんなに大きくなってから落ちた……」

五羽のうち三羽になってしまった去年のツバメのことをタァタは思い出しました。

一度目は、赤はだかの小さなヒナが、ぺたんとつぶれるように落ちて死んでいました。頭と口ばしが横《よこ》を向いて、毛のない羽が手のようについていました。

少し大きくなって、毛が生えていたヒナが落ちた時には、タァタとバァバはいっしょうけんめい助《たす》けようとしました。

「生きている虫をつかまえなくっちゃ！」

「水はのまないのかしら」

「巣にもどせないの？」

「人の手がふれると、だめだっていうから」

「おーい、ツバメさん、ヒナを巣にもどしてくれよ」

呼んでも叫《さけ》んでも、親ツバメにはどうすることもできないのでしょう。残ったヒナに餌を運《はこ》びつづけるだけでした。

半日ほど、うずくまっていたヒナは、だんだん弱って死んでしまいました。

タァタはヒクヒク泣きながら、ヒナのお墓《はか》を作ってうめたのでした。

とつぜんバァバが叫びました。

「ああ、ヒナたちをむかえにきたわ！」

見ると、五、六羽のツバメが空をせん回しながらとびまわっています。

親ツバメでしょうか、巣の中のヒナに向かってチッチチッと呼びながら、さあとぶのよ！勇気《ゆうき》を出してとんでごらん！　というように巣のまわりをとびまわります。

「たくさんの仲間が、どうして巣立《すだ》ちの時を知るのかしら」

「どこから来るんだろう。ふしぎだねえ」

タァタとバァバも家の中から見守《みまも》ります。

「今日は出そうもないよ」

「勇気がいるのね。がんばれ！」

「餌がもらえなくて、おなかがすいてたまらなくなって、とび立つんだよね」

その時、一羽のヒナがつうっと巣からとび立ちました。つづいて二羽、三羽、近くの電線《でんせん》に止まりました。

「あっ、とんだ！」

「あと、一羽だけになっちゃったよ」

「さよなら……だね」

タァタとバァバは外にとび出しました。

親ツバメが電線のまわりをとんでいたと思うと、おいでをするように一回転して、つーいと空高くとんでいきます。子ツバメもとび立ちました。タァタとバァバも走り出しました。丘の上のバァバの家からは見わたすかぎり、風にゆられて、青く波《なみ》うつ田んぼが見え、その上をツバメたちがとんでいきます。

「ヒナが巣立って、おめでとう！」

「また来年も待っているからね」

タァタとバァバは、大きく手をふりました。

秋の夜なが

「すっかり秋らしくなって、虫の声が大きくなったわ」

　おふろ上がりのバァバが、えんがわにすわっていいました。

「リンリンリンはスズムシで、チンチロリンがマツムシでしょ。ガチャガチャうるさいのが、クツワムシ、スイーチョンって鳴いているのがキリギリスだよね」

「タァタよく知ってるわねえ。すごい、すごい」

「それくらい、じょうしきでしょ」

　タァタはとくいそうにいいました。

「でも、ぼくはふしぎなんだけど、あんなにたくさんいて、けんかにならないのかなぁ」

「けんかなんかしないと思うわ。自分のりょうぶんを守《まも》って生きているのよ、きっと」

「そうかなあ、アリだって戦争《せんそう》するよ」

「集団《しゅうだん》を作ると戦争になるのかしらねえ。ハチもそうだし」

「きれいな声で鳴いている虫だって、食うか食われるかで、いっしょうけんめい生きてるような気がするよ」

「なんだか悲しくなってきちゃった。タァタがへんなことといいだすから……」

「人間《にんげん》が戦争をするのも、同じことなの?」

「ちがいます。人間は、戦争をしてはいけない、という意志《いし》をちゃんと持《も》てるような知恵《ちえ》があ

るはずだから、人間が戦争をするのは、本当の知恵が働《はたら》いていないってことだわ」

バァバが、しんけんな顔でいったので、タァタはいつものように、まぜっかえせなくてだまってききました。

「人間のいちばん大切な知恵が、ちゃんと働かないのは、本当の人間じゃないってことよ」

「なんだかむつかしいけど、戦争しない方がいいにきまっているよね」

「いいにきまっているじゃないのよ。いけません、なのよ」

バァバが、ほてった顔を、うちわでたたくようにあおぎました。

「お月さまだ！」

庭《にわ》の高い木の上から、もうすぐまんまるになりそうな大きな月が顔を出しました。

「バァバの顔みたいな月だね」

「わたし、あんなにきれい？」

「ふっくら、まんまるってこと」

「こらっ、フフフ……」

いつものふたりにもどりました。

「ねえ、タァタ、もうじき十五夜《じゅうごや》でしょ。いろんな月の呼《よ》び方知ってる?」

「中秋《ちゅうしゅう》の名月ってこと?」

「それもあるけど、十五夜の月は満月《まんげつ》で、もちの月ともいうわ。望月《もちづき》と書いて、欠《か》けたところのないまんまるな月って意味」

「おもちのもち月じゃないのかなあ」

「十六日の月は、いざよいの月といって、十五夜より、だいぶおくれて出てくるので、まごまごいざよっている月という意味の、いざよいの月っていうの。十七日の月は、もっとおそく出るので、立って待《ま》っていなきゃならない月というので、立待月《たちまちづき》ね」

「へえ、おもしろい」

「十八日はもっとおかしいわよ。十七日よりまたまたおそくなるから、つかれて、立っていられなくなって、すわって月の出を待つから、居待月《いまちのつき》っていうの。おもしろいでしょ」

「すごいねえ、昔《むかし》の人はお月さまが大すきだったんだね」

「そうねえ、いまはどこも明るくなりすぎて、お月さまを見る気持《きも》ちもうすくなったわね」

「でも、月旅行《つきりょこう》とか、宇宙旅行《うちゅうりょこう》とか、ふつうの人が行けるって、テレビでいってたよ」

「とてもとても、私たちじゃ望《のぞ》めないわね」

「勉強《べんきょう》したり、くんれんしたりすれば、宇宙飛行士《うちゅうひこうし》になれるよ」

「そうだわね。バァバ夢《ゆめ》のないこといっちゃった。はんせい!　です。フフフ」

「いま出てる月は何ていうの?」

「十三夜よ。でも、後《のち》の月といって、昔の人が十五夜と同じくらい美しい月と考えたのは、旧暦《きゅうれき》の九月十三日の月のことだから、今年は十月十五日が、後の月になるわね」

「ああ、ややこしいなあ。あっ、そうだ！　中秋の名月が芋名月《いもめいげつ》で、ほら、去年《きょねん》、バァバが栗名月《くりめいげつ》よって、栗きんとん作ったでしょ。そうだ、そうだ、栗きんとんだ！」

「まあまあ、タァタはバァバの孫《まご》だわね。食いいじははってるわ」

「親に似《に》ぬ子は鬼子《おにご》でしょ。へへ、へんかな」

「いいってこと。ほら、月の中で兎《うさぎ》さんがおもちついてる、バァバもおだんご食べたくなっちゃった」

秋の夜長の二人のおしゃべりは、はてしなくつづきました。

小鳥さんのおくりもの

「お彼岸《ひがん》がすんで、すっかり涼《すず》しくなったわ」

「暑《あつ》さ寒《さむ》さも彼岸まで、でしょ」

「タァタは何でも知っているのね」

「バァバがひとりごとをいうからだよ」

「天高く馬こゆる秋だァ」

「またまた……。ああそう、おやつの時間よね」

「バァバ大丈夫《だいじょうぶ》？　さっきお茶飲んでたじゃない」

「あれはあれ。十時と三時はおやつの時間にきまってるわ」

「それはぼくのセリフでしょ」

「おホホ」

ふたりは顔を見合せて笑《わら》いました。

バァバの作ったバナナジュースを、ふたりでなかよく飲んでいると、窓《まど》ガラスにバサッとなにかが当たりました。

「あら、鳥だわ」

「また、ガラスにぶつかってるよ」

「ガラスに写った庭《にわ》の木を、まだこちらに庭があると、かんちがいするのよ」

「今年も、冬鳥が来たんだね」

「窓を開《あ》けてやらなくちゃ」

バァバが窓を開けると、さあっと、さわやかな秋風が吹《ふ》きこんできました。風に乗《の》って赤や黄に色づいた木の葉も、部屋の中に舞《ま》いこみました。

「まあまあ、風の強いこと」

バァバがいったときです。舞いこんだ葉がひらひらと宙《ちゅう》を飛《と》んで、ふわりと食器棚《しょっきだな》の上におりました。

『チッチッ、ピー』

葉っぱがかわいい声で鳴きました。

「小鳥だ！」

「まあきれいな鳥だこと」

「つかまえる？」

「つかまえられないわよ」

「こっち、こっち、ほらほら、おいで……」

タァタがそっと近づきました。

チッ、チッ、チッ

小鳥は首をかしげて鳴いています。

「なれてるよね」

タァタは小さい声でいいながら、手を出しました。

「おいで、おいで」

ピーッ、小鳥は強い声で鳴いてから、部屋《へや》の中を、つーい、つーい、飛びました。

「こらっ、ふんを落とさないでよ」

タァタは首をすくめながら、小鳥を見上げました。

その時、さっき小鳥といっしょに入ってきた木の葉が、ひらり舞い上がったと思うと、サッと小鳥がそれをついばんで、棚《たな》の上にとまりました。そして、しきりに、しっぽを上下させています。

「あらあら、小鳥さんのおトイレね」

「葉っぱに白いフンが乗ってるよ」

タァタとバァバが、あきれて見ていると、小鳥はすまして、羽をつくろってから、ピーピー、チチと、やさしい声で鳴いて、ついっと窓から外へ飛んでいってしまいました。

「あっ、もういっちゃうのォ」

タァタが窓にかけよると、小鳥はゆっくりせんかいしながら、高い木のこずえにとんでいって止りました。

「ほら、小鳥さんの落とし物よ。庭にうめましょ。どんな木が生えるか、楽しみね」

バァバが棚の葉っぱを、そっとつまみ上げました。

「フンの中に木の種《たね》が入っているの?」

「きっと、かわいい実《み》のなる木よ」

「木が大きくなったら、また、あの小鳥さんが実を食べに来るかな」

「そうね、子どもの、そのまた子どもが来るわね。きっと」

「バァバ、早く早く、種をうめようよ」

ふたりは、大切に葉っぱをもって、庭に出ていきました。

柿《かき》の実《み》がうれるまで

「今日は暖《あたた》かで、小春日和《こはるびより》ね」

「バァバ、小春日和って？」

「十一月中の、春のように暖かい日を、そういうのよ」

「ふうん、小さい春かあ」

「ついこの間、小さい秋、小さい秋って歌ってたのにね。時のたつのは早いわ」

「そうかなあ、ちっとも早くないよ。冬休みや、クリスマスが早く来ればいいのに」

「やめてよタァタ。また年をとっちゃうわ。でもほんとね。若《わか》いうちは一年が長かったわ」

「みんな一年は一年なのに、どうして？」

「平等《びょうどう》なんだけどねェ。感《かん》じ方がちがうのよね」

「秋はつるべ落《お》としって、バァバがいっているじゃない。早くなにかしようよ。たんけんたいしゅっぱーつ」

「はいはい、出かけましょ」

ふたりは、小春日和の庭《にわ》の中へ、いそいそと出かけました。

もちろん、タァタは黄色のぼうしをかぶり、バァバはポシェットをかけています。

庭には色とりどりの秋の花が咲《さ》いています。大きい菊《きく》、小さい菊、まっ赤なケイトウもむれになって咲いています。

赤や黄に色づいた、カエデやナラの木、イチョウももえるように、まっ黄色です。

「あの柿《かき》は食べられないの?」

「あれはしぶ柿だから、もう少し待《ま》った方がよさそうね」

柿の木には、つやつや光った実《み》がたくさんついています。木の下には落葉《おちば》がいっぱい散《ち》っていて、タァタはしゃがんで、赤や黄や緑のまじった、きれいな柿の葉をひろいました。

「バァバ、こんなにきれいだよ」

タァタが、腕《うで》を上げて、柿の葉をお日さまにかざしました。

「あれ、なにかいる。動《うご》いてる。虫かな」

バァバものぞきこみました。

「虫じゃないわ。オレンジ色のぼうしをかぶってオレンジ色の服《ふく》を着ているわよ」

『ぼく、柿の精《せい》です』

かわいい声が聞こえました。

『柿の実の上で、お仕事《しごと》しています』

「どんなお仕事なの?」

『このぼうで、お日さまの光を、柿の中に入れるのです』

柿の精は、金色に光る針《はり》のようなものを、ふってみせました。

『光は、柿をじゅくせいさせて、あまーくなります』

とくいそうにいいました。

「じゃ、あなた、上からおっこちたのね」

『じつは、そうなのです』

柿の精は、しょんぼりした声を出して、柿の木を見上げました。

「ぼくらで、上にもどしてあげようよ」

「おやすいごようよ」

バァバは、いそいで物置《ものおき》から脚立《きゃたつ》を持《も》ち出すと、柿の木の下に置きました。タァタも走って行って、虫取り用のタモを持ってきました。バァバはどっこいしょといいながら脚立の上に立つと、下からタァタがタモの先にカキノセイをのせて、そろそろとバァバにわたしました。

「ほら、どこがいいの？」

『あの、もうすぐ、食べられそうな柿です』

高いこずえの先を指《ゆび》さしています。

「とどくかしら？」

バァバは、脚立の上でつまさき立ちしました。

「わあ！　バァバ、落ちないで！」

ぐらぐらっと脚立がゆれて、バァバがまっさかさまについらく……と思ったとたん、タァタとバァバは柿の木にすいとられるように飛《と》び上がって、気がつくと、柿の枝《えだ》の上にとまっていました。

『ありがとうございます。ぶじもどれました』

「こんどはぼくたち、どうやっておりるの？」

タァタとバァバが枝にしがみついて、あたりを見まわすと、枝に鈴なりの柿からつぎつぎ顔がのぞいて、金色の針をふりました。

「ああ、たくさんの仲間《なかま》がいるんだね」

『木守《きまも》り柿がなくなるまで、ぼくらは、はたらいて、冬は、木の中でねむります』

「そうだったの。ごくろうさま」

「お仕事の見学をしてから、下に降《お》りようよ」

タァタとバァバは、柿の精たちが、針をお日さまにかざしては、ツンツンと柿の中へ、さしているのを、楽しそうに見ていました。

鬼《おに》さんこちら

「福《ふく》は内、鬼《おに》は外」

タァタとバァバが豆《まめ》まきをしてから、いく日かがたちました。

「立春《りっしゅん》も過《す》ぎたというのに、今年は本当に寒《さむ》いことねえ」

バァバがせなかをまるめて部屋に入ってきて、こたつの中にもぐりこみました。

「ねえ、外で遊《あそ》ぼうよ」

バァバの用事がすむのを待《ま》っていたタァタは、元気《げんき》に立ち上がると、バァバのせなかをおしました。

「そうね、ちぢこまっていると、よけい寒いわね」

バァバは立ち上がって、うでふりたいそうをしました。そして二人は、すこしお日さまが明るく感《かん》じられる庭《にわ》に出ていきました。

「やっぱり、もうすぐ春だわ。ほら、モクレンのつぼみが、こんなにふくらんでる」

「しばふの色もかわってきてるよ」

タァタは、しゃがみこんで、ふんわりもり上がってきた、しばふをなでました。

『キイキイ、オーン、キイキイ、オーン』

小さな音が、しばふの中からきこえました。タァタは、耳をそばだてます。

「バァバ、なにかきこえなかった?」

「べつに……。うーん、なにかきこえるわ」

『キイキイ、オーン、オーン』

声が大きくなりました。

「なにか、鳴いているのかな」

「しーっ、しずかに」

二人は、じっとしばふを見つめました。

こんもりしているしばふのあたりで、なにか動《うご》きました。

「あっ、あそこだ」

「しずかにいくのよ」

二人が近づくと、しばふの中から、ひょこっとなにかがとび出しました。

『オーン、オーン、キイキイ』

赤い色の小さな子どもです。よく見ると頭の上にぴょこんと、つのがはえていて、耳がとがって、大きい口をへのじにまげて、キイキイとへんな声を出しています。

「小さな鬼じゃないかしら」

「えーっ、鬼の子なの？」

二人は顔を見合わせました。そして、いっしょによびました。

「鬼さん、こちら、手のなる方へ」

子鬼《こおに》は、きょとんとした顔で、二人を見ています。

「子鬼ちゃん、どこから来たの？」

バァバがやさしい声でいいました。

『キイ！　あの屋根《やね》の上から』

屋根のはしっこについている鬼瓦《おにがわら》を指《ゆび》さして、おこったように、キイキイといいました。

『キーッ、「おにはそと」って豆がいっぱいふってきて、みんなが、わあってにげたので、ぼくもにげようと思って走ったら、屋根からころげ落ちちゃって、キイキイ、気がついたらまいごになっていたんだ。オーン、オーン』

「まあ、わたしたちも豆まきしたのよ。ほんとに、どうしましょう」

「ごめん。子鬼ちゃんは、いたずらしないんだよね。とってもかわいいもの」

『キイッ、するもんか！　わるさなんか、ぜったいしない。屋根の上で家を守《まも》っているんだから』

子鬼は、赤い顔をもっとまっかにして、おこったようにいいました。

『ふくはうち、おにはそと！』っていうのこれからやめるから、ゆるしてね」

「ねえ、子鬼ちゃん、みんなをさがさなくっちゃ。どこへ行っちゃったのかしら」

「さがしに行こう」

タァタは、子鬼ちゃんをポケットに入れると、バァバをうながして、歩きはじめました。

「鬼さん、こちら、手のなる方へ」

二人は大声で歌いながら、庭の奥《おく》の、大きな木がたくさん生えている植《う》えこみに入っていき

ました。

　赤いツバキの花が満開《まんかい》の木の下に来たとき、つやつやと光る葉のかげから、つぎつぎと顔がのぞいて、タァタとバァバの顔や肩《かた》の上に、ひゅうんぱらぱらと、とびおりてきました。

「子鬼ちゃんのなかまよね」

「よかったァ、見つかったね。なかまだよ」

　タァタはポケットから子鬼ちゃんを出してやりました。その時、さあっと風が吹《ふ》いてきて、あたりがいいにおいにつつまれました。

　そして、いつのまにか、子鬼ちゃんも、そのなかまたちも消えていました。

　タァタとバァバは、ちょっとさびしくて、

「子鬼ちゃん、こちら、手のなる方へ」

と、大きな声で歌いながら家に帰りました。

春の砂浜《すなはま》たんけんたい

バァバが庭仕事《にわしごと》をしながら歌っています。

♪タァタはね　そうたっていうんだ　ほんとはね

だけどちっちゃいから　じぶんのこと

タァタっていうんだよ　おかしいね　そうくん

タァタが走ってきました。

「バァバったら、またへんな歌うたって。ぼく、そんなこといってないよっ」

タァタは、顔を赤くしてこうぎしました。

「おこらない、おこらない。『さっちゃん』のかえ歌じゃない。おもしろいでしょ」

「ちっともおもしろくなんかないよ。タァタって呼《よ》ぶのはバァバだからねっ」

「あら、タァタがちっちゃいとき、自分のことタァタ、タァタっていってたのよ」

「バァバが先にいったのにきまってるよ」

「ごめんごめん、もうかえ歌にしないから……。でもいい歌だと思うけどねェ」

バァバはざんねんそうです。

「もういいから。早くなにかして遊《あそ》ぼうよ」

「はいはい。でも草むしりだって楽しいわよ」

今日の二人は気持《きも》ちがずれてるみたいです。

「ごめんなさいね。今日はタァタの好《す》きなところに行くわ」

「春になったから、海岸《かいがん》に行こうよ」

二人はさっそく、ぼうしをかぶりました。

春の海は、ねむそうなほど、ゆったり動《うご》いて、波《なみ》が砂浜《すなはま》をあらっています。

「水がきらきらして、きれいだなあ」

すっかり、うれしくなったタァタが、砂の上をはだしで歩きます。

「そうだわ。塩《しお》をまいてみましょ」

バァバはポシェットから、塩のビンを出して砂の上をしらべてまわります。

「みつけた！　タァタ、このあなに塩を入れてごらん」

見えないほどの小さなあなに、塩を入れて二人は顔をくっつけて、のぞきこみました。

「ほらほら、なにかでてきたわ」

にゅうっと、ほそいくだが出てきま

した。

バァバがすばやく手をのばして引き上げると、ほそ長い、へらのような貝《かい》が出てきました。

『やめてよ、ぼく、まだねむいよォ』

ほそい声でさけんでいます。

「子どものマテガイさんね」

「バァバ、かわいそうだよ。早くあなにもどしてあげて」

「ごめんなさいね。みつからないように砂にもぐっていて」

♪マテガイはね、食べられる貝だよ、ほんとはね。

だけどちっちゃいから、自分のことマッテというんだよ、
おかしいね、マッテくん
タァタも、へんなかえ歌をうたっています。

砂浜には、海からうちあげられた貝が、たくさん落ちていました。

ベニガイ、サクラガイ、タカノハガイ、こゆびの先ほどのフジノハナガイと、二人はむちゅうでひろいました。ほんとにかわいくて、ポケットいっぱいになりました。

「ちょっとちょっとタァタ、ほら見て」

バァバが手まねきしました。

砂の中から、ピューッピューッと、ほそい水がとびだしています。

「アサリのツノよ。二本のクダから、水をはいたり、すったりするのよ」

「ほってもいい？」

砂の中から、きれいなもようのアサリが出てきました。

「わァ大きい」

するとヒュッヒュッとアサリが鳴きました。

『わたし、まだ仕事があるの。はなして』

「ああ、たまごをうむのね」

タァタがアサリを砂の上におくと、アサリは、いそいで足を砂の中に入れて、のばしたりちぢめたりしながら、もぐっていきました。

「四月になったら、しおひがりに来ようよ」

♪アサリはね　食べられる貝だよ
ほんとはね。

だけどちっちゃい子どもを
たくさんうむから、にがしたよ。

がんばってアサリさん
二人は、かえ歌をうたいながら帰りました。

雨の神《かみ》さま　チャップ

「あァあ、雨ばっかり。ねえバァバ、かさをさしてお散歩《さんぽ》しようよ」

「そうね、バァバも外の方がいいわ」

ふたりは黄色とピンクのかさをさして出かけました。

♪雨　雨　ふれふれ　母さんが
　ジャノメでおむかえ　うれしいな
「ジャノメってなァに？」

「あら、タァタ知らなかった？　昔《むかし》の雨がさで、木の骨《ほね》に油をぬった紙がはってあるのよ」

♪ピチピチ　チャプチャプ　ランランラン
タァタもバァバについて歌います。

♪ピチピチ　チャプチャプ　ランランラン
ザザーッ、目の前が見えなくなるような雨が降《ふ》ってきました。

「わァ、すごい雨」

ふたりはおどろいて立ちどまりました。

「あらっ、わたしたちのまわりだけよ」

タァタもかさの中からのぞきました。

ふたりはむちゅうで、雨の少ない方へ走りました。ふしぎふしぎ、どしゃぶりの雨は、走る

方へついてきます。

「たすけてェ」

ふたりがびしょぬれになって立ちすくんでいると、空の遠くから雨といっしょに、声が降ってきました。

『おおい、ボクをよんだの、きみたちかァ』

うすぐらい空から、銀色《ぎんいろ》のすじが、リーンリーンと音を立てて降《お》りてきます。

キューンと光が止まると、水色の服《ふく》を着た、まんまるの顔をした、へんてこな子が現《あら》われました。

『ボクをよんだのは、きみたちだろ、チャップ、チャップ、なにか用かい』

水玉がふたつくっついたような子が、歌うようにいいました。ことばのつぎまに、チャップ、チャップとひょうしをとりながらしゃべります。

「よんだんじゃないよ。歌っただけ」

♪ピチピチ　チャプチャプ

　ランランラン
　バァバが急いで歌いました。

『それそれ、ボクの名前、よんだんだろ』

「きみはピチピチなの？　チャプチャプなの？」

「ランランランかも……ね」

『からかうなって、ボク、雨の神《かみ》さまの子ども、チャップさ』

　チャップは「雨の神さま」という時、少しいばっていいました。

「まあ、神さまなの？」

『空には、風神《ふうじん》、雷神《らいじん》、太陽神《たいようしん》、雲の神さま、雨の神さま、いっぱいいるんだ』

「へえ、おもしろそう」

「お会いしたいわ」

『雨の神さまは、今とてもいそがしい』

「そうだよね。梅雨《つゆ》だもの」

『今日は、山の畑《はたけ》に行っているんだ』

「田植《たう》えがすんで田んぼが水をほし

がっているのね」

『じゃあ行ってみる？　つれてってってあげる』

「わァ、行く行く。うれしい」

バンザイとあげた手が、銀色の光につかまえられて、ふたりは空に飛《と》び上がりました。リーン、きれいな音につつまれて、気づくと山のだんだん畑の中に立っていました。

「まあ、きれい」

「水のかいだんだ」

見上げると、天までとどきそうなだんだん畑です。見下ろすと、青い空を写《うつ》したかいだんが、どこまでも続《つづ》いています。右も左も、ずっと遠くまで、ひとつひとつ小さくかこまれた田んぼです。

「千枚田《せんまいだ》、きれいねえ。昔の人の宝ものよ」

「ほんとにたくさん作ってあるんだねえ」

『だんだん畑にちゃんと水がいくように、雨の神さまががんばっているんだ』

「梅雨をいやがっちゃ、ばちがあたるわね」

「空気と水で、生きていられるんだもの。ありがとうございます」

ふたりがいうと千枚田がキラキラッと光りました。

「ああ、きれい！」「まぶしいよ」

ふたりは思わず目をつむりました。そしてそっと目をあけると、いつのまにか雨の上がった、いつもの道に立っていました。そばに、すっかりかわいたかさがころがっています。

♪ピチピチ　チャプチャプ　ランランラン
ふたりは空を見上げて、小さい声で歌いながら家に帰っていきました。

雷《かみなり》さまはりゅう神《じん》さま

梅雨《つゆ》明け間近《まぢか》で、大雨になりました。雷《かみなり》さまが、ゴロゴロ鳴って大荒《おおあ》れです。

「バァバの畑《はたけ》が、流《なが》されちゃうよ」

「タァタ気をつけて！　雨がひどくなってきたから、雷さまが近づいたのよ。ほらっ、光った！ワァ大きい」

ドドーン、ゴロゴロゴロ！

「こわいよォ」

タァタは耳をふさいで、ふせました。

「こんなときは、カヤをつって中に入るといいのに……」

「うそォ、どうして？」

「わけは知らないけど、バァバの小さいころは、カヤの中にもぐってた。カヤをどこにしまったのかしら」

「あっ、また光った！」

すぐ近くで、大きな音がしました。

「雷さま、落ちないで下さい」

バァバが思わず手を合わせたときです。

ガラガラガラ、ドシャーン！

地しんのように家がゆれました。

「落ちたァ」

「たいへんだわ」

タァタとバァバは、とび上がりました。

ろうかのガラスごしに庭《にわ》を見ました。外はどしゃぶりの雨で、よく見えません。ふたりはおそるおそる戸を開《あ》けて目をこらしました。

「落ちてないよ」

「あんなにすごい音ですもの、近くに落ちたわ、きっと」

雷さまは、ひっきりなしに光っては、ゴロゴロ鳴っています。

「あっ、あれェ！」

タァタが目をみはったまま、庭の奥《おく》を指《ゆび》さしています。

「ええっ、なに、あれ」

くらい中から、水の輪《わ》のようなものが広がって、どんどん大きくなって、とうとう目の前が大きな池になりました。その中にうねうねと動《うご》くものがいます。雨の中でも池の中は明るく光って、生きものが浮《う》いたり沈《しず》んだりするさまがよく見えました。

ふたりは、ぽかんと口を開けて、立ちすくんだままです。

「りゅうだわ」

バァバがやっと口をききました。

「きょうりゅう……ってこと?」

ふるえながらタァタがききます。

「雷神《らいじん》さま……かも」

「りゅう神《じん》さまの話、読《よ》んだことあるよ」

「それそれ、雷の神《かみ》さまも、りゅう神さまも同じかも……」

ふたりは、ひそひそ話し合っています。

ゴロゴロゴロ、りゅうは体を大きくゆすり、天に向かって、するするとふとい首をのばすと、大きな目がピカッと光りました。

ものすごい音と光が、何度《なんど》もくりかえされて、ふたりはろうかにへたりこみました。

ピカッ、ゴロゴロ！　ゴオーッ
耳のさけるような音がしたとたん、池の水がもり上がり、ザーッ、ザーッと空にすいとられるように、りゅうもろとも天にのぼっていきます。

「りゅう神さまが空に消《き》えていくよ」

タァタとバァバは、雨の中に走り出ました。見上げた空が、左右にさけて、くらい中にひとすじ光が見えたと思うと、どんどん広がって、青い空が現われました。その中に、水色の光る尾《お》を長く長く引いた、りゅうが見えて、だんだん小さくなっていきます。

ゆったりゆれながら天にのぼっていくりゅうの姿は、今年の仕事《しごと》はこれでおしまい、と笑《わら》っているように見えました。

「雷さまは、どこに落ちたのかなァ」

「家や木に落ちなくてよかったわ」

「雷さまは、雨の神さまのパパかもね」

「雨は大切だけれど、あんまりたくさんふってほしくないわ」

「りゅう神さまは、来年も来てくれるかなァ」

「雷さまはとてもこわいけれど、なんだかちょっと好《す》きになったみたい」

「ぼくも！　ちっともこわくないよ」

「うっそう、ふるえていたくせに」

ふたりは、すっかり晴れ上がった夏空を、いつまでも見上げていました。

水色の中へ

「すっかり秋らしくなったね」

タァタは、空が遠《とお》くなってしまったような青空を見上げていいました。

「あたりが白っぽくかわいた感《かん》じがするわ」

バァバも、水彩《すいさい》絵の具《ぐ》で、すうっと描《えが》いたような白い雲を眺《なが》めながらつぶやきました。

夏のやけるような暑《あつ》さがいつのまにか消えて、体の中まで、さわやかな風が通っていくようです。

「あっ、赤トンボだ」

雲から生まれたのか、風に乗《の》ってきたのか、赤トウガラシのようにピカピカした体をツーイ、ツーイと水平にのばして、赤トンボが飛《と》んで来ました。

「つかまえられるかなァ」

タァタは、ズックを足の先にひっかけて、庭《にわ》にとび出しました。

すぐ目の前まで来たトンボは、ツイと向きをかえて、もと来た方へ音もなく飛び去《さ》りました。

「なあんだ。行っちゃった」

「まっててごらん、また来るから」　バァバは笑《わら》いながら、トンボの消《き》えた方を見ています。

「ほらほら、タァタ、来た来た」

「どうしてわかるの」

「チョウやトンボにはね、自分の飛ぶ道があって、行ったり来たりするのよ」

「へえ、そうかァ、知らなかった」

「あの赤トンボも、夏の初《はじ》めのころは、あんなに赤くないのよ。秋が来て、色がこくなるの」

「わかった、ほら、木の実《み》と同じだね。花が散《ち》って、だんだん赤や黄色に変わるんだもん。虫も植物も同じさ」

「人間も同じだわね。バァバは、きれいな赤色が過《す》ぎちゃって、枯《か》れ葉色ってとこかな」

タァタは返事《へんじ》に困《こま》って、トンボを追《お》いかけました。

「そうっとついていくのよ」

バァバはあわててポシェットを下げました。

ツーイ、ツーイ、風の中で遊《あそ》ぶように、赤トンボが飛んでいきます。

「大きな目玉だねえ」

上ばかり見ていて首がいたくなった

タァタは、ためいきをつきました。

「トンボつりは、やめましょ」

その時です。一匹のトンボが、すうっとおりてきて、すがれたトマトの支柱《しちゅう》にとまりました。タァタはぬき足さし足、そっと近づくと、人さし指《ゆび》をつき出して、赤トンボの大目玉の前で、そろそろと輪《わ》を描くようにまわしました。

バァバもそっと近づいて、タァタの後ろからのぞきます。

赤トンボは、赤いボウのような体を上下に動《うご》かして、くるくると目玉をまわしました。

『やめてよ、むだむだ。目なんかまわさない』

細いきれいな声が聞こえました。

「タァタ、トンボさんが、なにかいってるわ」

「目をまわさせて、トンボをつかまえるんだよ」

ふたりが、ひそひそ声で話をしていると、

『いいところへ、ごあんないしましょう』

赤トンボはツイッと飛び上がると、大きな目を風車《ふうしゃ》のようにまわしました。さあっと風がきて、タァタとバァバは、あっという間に、小さな水色の池が何千もかたまっているような中に、すいこまれていきました。

「もしかして、トンボさんの眼の中に入ったのかしら」

「ほら見て見て、万華鏡《まんげきょう》の中にいるみたい」

『頭をくるくるまわしているからです』

「ヤメテェ、目がまわるよ。ぼくも、もうまわさないから」

『こうしてまわすと、なんでも見えるのです』

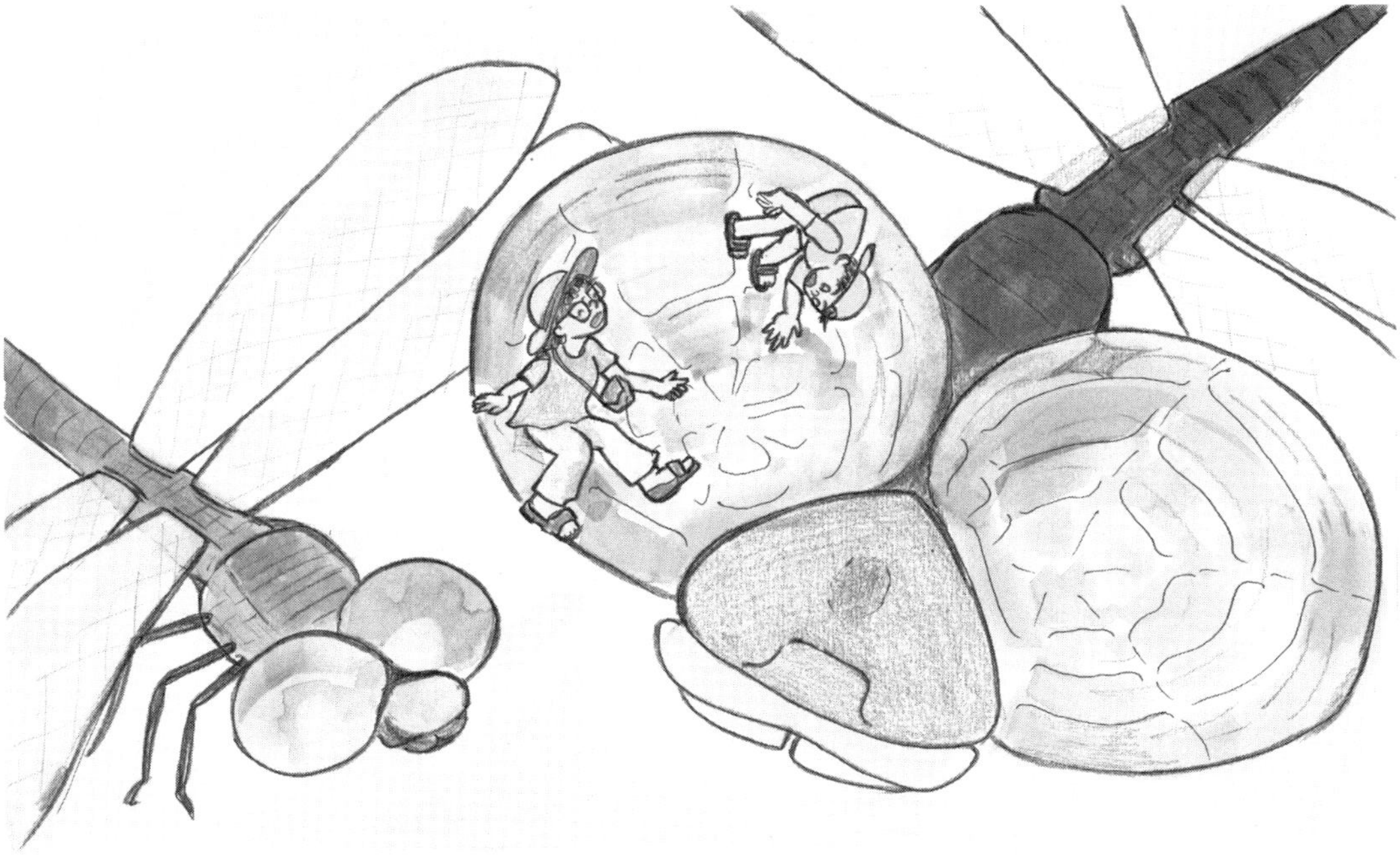

「あっ、小さい虫が飛んできたの、トンボさん食べちゃったよ」

とつぜん目の前に、大きな円《えん》ばんが現《あら》われてせまってきました。

「わっ、こわい」

ふたりは首をひっこめて、小さくなってかがみこみました。

『だいじょうぶ、ぼくのおよめさんです』

水色のすきとおった円ばんは、ふるっとしっぽを横《よこ》にふって、
まわれ右しました。

「ほんとだ、赤トンボのおねえさんだね」

『じゃあ、わたしたちは水べへいきます。またあいましょう』

タァタとバァバは、いつのまにか庭にいて、青い空にすいとられていく二《に》匹《ひき》のトンボに手をふりながら、歌っていました。

♪トンボのメガネは　水色メガネ
青いお空を見てたから
見てたから

ドンヒャララ

♪ドンドンヒャララ　ドンヒャララ
朝からにぎわう　宮《みや》の森
バァバの台所から、お酢《す》のいいにおいといっしょに、はずんだ歌声が聞こえています。
♪むらのちんじゅの神《かみ》さまの　今日はめでたいお祭《まつ》り日
ドンドンヒャララ　ドンヒャララ

「ぼくにも手伝《てつだ》わせて」

タァタは床《ゆか》にぺたんとすわると、すしおけの中のごはんをつまんで口に入れました。

「まあ、おぎょうぎがわるいわ。ほら、手にくっついて。早く洗《あら》って手伝ってちょうだい」

タァタは、こんどはちゃんとすわって、うちわで酢めしをあおぎます。バァバは、すっすっとしゃもじで、ごはんをまぜていきます。

机の上のお皿には、メジロのにつけや魚のくずし身《み》、しいたけ、卵やきなど、たくさんの具《ぐ》がきれいにならべてあります。

「いいにおい。でも鼻《はな》がくすぐったァい」

「くしゃみしないでよ」

バァバがいうより早く、タァタの鼻は、むずむず動きました。

「ハッハッ、ハックション！」

タァタは、す早く横《よこ》向きになって、大きなくしゃみをしました。

すると、口の中から何かがとび出しました。

♪ドンドン　ヒャララ
　ドンヒャララ
とび出したものは、へんてこなかっこうで踊《おど》りながら歌っています。

「あ、あなたは、だァれ？」

『ドンドンヒャララのドンヒャララだよ』

「ドンヒャララって、何をする人なの」

タァタものぞきこんできました。

『ふうむ、何をするかって、つまりお祭りのおはやしがかりってとこかな。みんなの気持《きも》ちをもりあげる……』

「おはやしなら、神社《じんじゃ》にかかりの人がいるわ」

「たいこも笛《ふえ》も持《も》っていないよ」

『あんたたちも、ドンヒャララって歌うと、わくわくするだろ』

「うん、するする」

「お祭りは楽しいから、わくわくして、ドンヒャララって歌っちゃうのよ」

『とにかく、おいらは、ドンヒャララなんだ。みんなの心を、ドンドン元気《げんき》にするやくめなのっ』

小さな体で、のび上がるようにはねて、ドンヒャララはさけびました。

「わかったよ。うーん、ぼくの心もはずんでるよ」

「ねえ、ドンヒャララさん、タァタの中にいたのよね。バァバの中にもいるのかしら」

『もちろんさ。バァバの中のドンヒャララはとくべつ元気なやつさ。さっきの歌でわかっちゃう』

「ありがと。ドンヒャララさんがとび出さないように、クシャミをがまんしなくちゃね」

「きみ、ぼくの中にもどってよ。なんだか、しんぱいになってきちゃった」

タァタがしょげると、ドンヒャララは、ぱっとすしおけのふちにとび乗《の》っていいました。

「さあ、お祭りにいこう」

「バァバは、みんなが楽しみにしている箱《はこ》ずしを作るんだよ」

タァタがいいおわらないうちに、ドンヒャララは大きく手をふりながらとび上がりました。

つられるように、タァタとバァバもとび上がり、気がつくと、おみこしの屋根《やね》のそりかえった先っぽに、しがみついていました。

ピーヒャララと笛の音がして、ドンドン、チャチャチャチャとたいこがなりました。すると、ふしぎ、タァタとバァバはサーカスの人でもできないような、つま先立ちの踊りを踊っていました。

「タァタ、じょうず、じょうず」

「バァバも!」

おみこしは町中をねり歩きますが、ふたりの姿に気づく人はいませんでした。

「そうだわ、おすしつくんなきゃ！」

思い出したようにバァバがいいました。

とたん、ドンドンヒャララのおはやしが遠くなって、ふたりは、すしおけのそばにすわっていました。

「なんだか、いつもより心がはずむわ」

「ぼくも！　いつもよりもっとおいしいおすしができるよね」

すし箱のごはんの上に、いろどりよく具《ぐ》を並《なら》べながら、今、ドンヒャララは体のどのへんにいるのかな、と思うと、ふたりはとても楽しくなって、顔を見合わせてフフフと笑《わら》いました。

実《み》もいろいろね

「庭《にわ》がすっかり秋じまいだわ」

バァバがそっとつぶやきました。

すこしつめたい風が吹《ふ》いて、わくら葉のまじった木の葉をはらはらと散《ち》らしています。

黄や赤に染《そ》まったイチョウやカエデの葉も、ずいぶん少なくなりました。

チュルチュル、ピーヒョロ
ピチピチ、ピュルル
「小鳥さんがたくさん来たね」

タァタが鳥の声にさそわれて出てきました。バァバの顔が、ぱっと明るくなりました。

「木の葉の散るのばっかり見ていたらだめね。ほんと、植《う》えこみに赤や黄の実《み》がいっぱいだわ」

ウメモドキ、タチバナモドキ、ビナンカズラ、トキワサンザシなどオレンジ色やまっかな実《み》がすずなりです。

「ぴかぴかの実だねえ。甘いのかしら」　タァタは小鳥になったみたいに目をかがやかせて、庭に出て行きました。

バァバがタチバナモドキのとがった枝《えだ》をさしていいました。

「ツグミがいるわ。待《ま》っててごらん、もう一羽来るわよ」

いい終《お》わらないうちに、すうっと影《かげ》がさして、小鳥が飛《と》んできました。

「ほんとだ。あっあそこの木には、口ばしの赤い鳥がいる」

「サンザシの実はヒワがすきみたいね」

タァタとバァバは、鳥ウオッチングにむちゅうです。

高い木の下に、すらりとのびたナンテンが、穂《ほ》先に実をつけてゆれています。

「あれっこの実、緑と赤と半ぶっこだよ」

タァタがナンテンの実を一つつまんでバァバに見せました。

「よく見てごらん。お日さまに当たっている方から赤くなるのよ。それに木によって色づく時期《じき》がちがうのね。ナンテンはもう少しあとに食べごろになるのよ」

「赤や黄がりっぱになったら、食べられちゃうんだ。かわいそう！」

タァタがナンテンの木に、そっと手

をさしのべた時です。ナンテンがゆらゆら頭をふりながらいいました。

『タァタ、心配《しんぱい》しないでね。わたしたちは、実を小鳥さんに食べてもらうために、赤くなるのよ』

　すると、長いつるのような枝に実をつけたウメモドキが、フフと笑《わら》いながらいいました。

『ほら、わたしを見て、もうほんの少ししか実がないでしょ。早く赤くなって鳥に食べてもらったのよ』

「どうして食べられるのが、うれしいの？」

　マンリョウが、ぼうしのような葉の下についた赤い実をふりながらいいました。

『わたしたちってほら、歩けないでしょ。ここで生まれて、子どもたちをよそへつれていけないのよ。小鳥が実を食べて、種《たね》をよそへ落《お》としてくれるの』

「鳥だって順々《じゅんじゅん》の方が食べものが長くあるんだね」

『動物《どうぶつ》はどこへでも行けるからいいわね』

「うーんそうでもないよ。食べものは自分でみつけなきゃいけないし。人間だってそうさ。自分の思いどおりに動《うご》けないよ。とくにぼくみたいな子どもは、さ」

「タァタ、そこでなにしゃべってるの」

バァバが、花の種をとりながら呼《よ》びました。

「庭の木さんたち、花や実をつけて、庭をきれいにかざってくれてありがとう。みんながだれかの役《やく》に立ちながら生きているんだね」

バァバのところへ歩きながら、タァタは思っていました。

「ぼくも、だれかの役に立っているのかなあ」

空はぬけるように青く晴れわたり、風はさわやかに吹いています。

「庭仕事《にわしごと》すると、まだまだ汗《あせ》をかくわ」

バァバもすっかり元気になって笑いました。

のびのびだよ

「あれっ、ミーのおひるねの場《ば》がちがうよ」

タァタの声《こえ》で、バァバが顔を出しました。

「えんがわの日ざしがのびて、ミーのおひるねの場所《ばしょ》が広がったのね」

「日ざしがのびるって、どういうこと?」

「冬至《とうじ》が終《お》わると、たたみひとすじ分ずつ日ざしが長くなっていくの。日足のびるっていって、えんがわの奥まで日が入るようになるわ」

「日足がのびるって、ミーの足ものびるんだ」

「ほんと。おひるねも、のびのびと足がのばせるようになるわ」

ミーが、ゆったりと顔を上げると、目を半開《はんびら》きにして、こちらを見ました。

『ミャア』

うるさいなァ、おひるねのじゃましないでよ、といっているみたいです。

のそりと立ち上がると、うーんと背のびをして、少し歩いてから、またことんとねころんで、頭を体の中にもぐりこませて、丸くなってしまいました。

「日足のびるっていっても、まだ寒《さむ》いわよね」

タァタとバァバも、背中《せなか》を丸めて部屋《へや》に入って、こたつにもぐりこみました。

♪春は名のみの　風の寒さや

バァバの鼻歌《はなうた》がはじまりました。

「ねえバァバ、外に行こうよ。これじゃミーと同じだもの」

♪犬はよろこび庭《にわ》かけまわり
　ねこはこたつで丸くなる

歌いながらバァバが立ち上がりました。

「あれっ、ミーがいないよ」

『ミャア、アアア、ミャア、アアア』

ミーのあくびをする声が聞こえました。

「バァバ見て！　ミーがへんだよ」

「あらま、立ち上がって、のびをしているわ」

「二本足で歩いていくよ」

ミーはバンザイのかっこうをしたま ま、とことこ庭の奥《おく》へ歩いて行きます。

「バァバ、早く早く、おいかけなくちゃ」

　ほいきたと、バァバはポシェットを肩《かた》にかけ、黄色のぼうしをタァタにかぶせました。

たんけんたいが、後からついていくのを、知ってか知らずか、ミーのおさんぽはつづきます。

紅梅白梅《こうばいはくばい》が、トンネルのように植《う》わって満開《まんかい》の花がいい香《かお》りを送《おく》っているところに来ると、ミーはミイミイミャアと、ねこなで声で鳴きました。そして、ひゅうととび上がり、くるりとちゅうがえりしました。すると、少し暗《くら》くなった庭の植えこみが、すうっと消えて、明るい日ざしがいっぱいの野原《のはら》になりました。

ミーは野原のやわらかな草の中で、くるくるころがるようにして遊《あそ》びます。

ニャア、ニャア、ミュウミュウ、ミャウミャウ、あちらからもこちらからもかわいい声がして、白やぶちや、しましまや、まっくろや、いろんな色の小さな顔が花の中から現われました。

『ミャア、アアア』

ミーは、あくびのような声で鳴きながら、前足をバンザイさせて二本足で立ち上がりました。そしてバンザイの手をおいでおいでとふりました。

ミイミイ、ミャアミャア、歌うように鳴きながら、子ねこたちがミーのそばに走ってきました。はなれた草むらで、お母さんねこが手をふっています。ミーは、うれしそうに子ねこたちを集《あつ》めると、くるっとタァタとバァバの方に向きました。

『わたしの子どもは、この野原でそだちます。とても元気にそだちます』

ミーは、前よりちょっと長くなった足をもっとのばして、胸《むね》をはっていいました。

『オマエタチモ、ゴアイサツナサイ』

子ねこたちは大いそぎで、小さな足をバンザイさせて、ミイミイ、ミャアミャアと鳴きました。うまくバンザイできず、ころんとひっくりかえる子ねこもいます。

「ぼくタァタ。ミーの友だち……だよね」

「わたしはバァバ。ミーの飼《か》い主よ、ね」

ふたりは、ちょっときんちょうしてあいさつをしました。

「ミー、こんなに子どもがいたんだ」

「知らなかったわ。家にくればいいのに」

『ワタシノ子ドモハ、コノノハラデ、ソダチマス。トテモゲンキニ、ソダチマス』

ミーは、まんぞくげに子ねこを見まわすと、大きく広げた手をゆっくりまわして、ひゅうととび上がり、くるりとちゅうがえりしました。

あっというまに、野原が消えて、梅《うめ》の木の下に、ミャアとあくびをしているミーがいて、四本の足の影《かげ》がのびのびとのびていました。

春のつみ草

「セリ、ナズナ、ゴギョウ、ハコベラ、ホトケノザ、スズナ、スズシロ、これぞ七草《ななくさ》」

バァバが歌うようにいいました。

「ぼく知っているよ。お正月の七草がゆに入っていた草のなまえでしょ」

「そうよ。タァタもおいしいっていってたわ」

「でもさあ、おかゆの中に入ってたの、ちっちゃくて、なにがなんだかわからなかった」

「スーパーで買《か》ったから、ごちゃごちゃしてて、スズナとスズシロはわかったけれど」

「お正月には草がまだ出ないんだよね。あっ、わかった！　たんけんたいだ」

「あたり！　さあ、でかけましょ」

タァタは黄色、バァバはピンクのぼうしをかぶり、もちろんポシェットの中にハサミも入れて、ふたりはお日さまと同じくらい元気に出発《しゅっぱつ》しました。

「まあ、いつのまにか、草だらけだわ」

バァバがためいきをついた雑草《ざっそう》の中で、たいていの七草はつめました。

「あとは水辺《みずべ》に行って、セリをさがしましょ」

ふたりはどんどん歩いていきました。

「昔《むかし》はほうぼうに小川が流《なが》れていて、セリもすぐ見つかったのに、今はみんなコンクリートのふたにおおわれてしまって……」

「しかたがないよ。えいせいのためでしょ」

「そうね、昔は昔、今は今、ね」

バァバはそっとためいきをつきました。

大きな川岸《かわぎし》のていぼうに出ると、きれいに草がかられています。

「とこやさんにいったみたいだね」

「ここにセリはなさそうだよ」

「あっ、ツクシがはえてる」

「あらあら、たくさん出てるわ」

ふたりはむちゅうで、土手《どて》のツクシをつみはじめました。

ツクシは、かたい緑《みどり》色の頭を、つくつくのばして、せいくらべをしています。

中に、とくべつせの高いツクシがありました。ちょっと頭がやわらかくなっています。

「このツクシ、頭がほどけてるよ」

「あっ、それはつまないほうがいいわ。

ホーシがとんだのよ」

「お母さんになったの？」

「そう、うまいことというわね」

「ここに茶色になっちゃった、おばあちゃんツクシもあるよ」

「フフ、お仕事《しごと》が終《お》わったのね」

『ちょっと、おふたりさん、いいたいことというわね』

すこしとがった声がしました。

茶色のツクシが、ゆらゆらと頭をふっています。

「バァバ、なにかいってるよ」

『おや、バァバだって？　じゃあ、わたしとおなじだ』

ツクシは体ごとゆらしていいました。

「あらツクシさん、ごめんなさいね。たいせつなお仕事をされて、わたしそんけいしてるわ」

『あんたら、ぼうやをあんまりつまないで』

「あら、そうよね、ツクシさんたちはホーシをよそへとばすお仕事があるのよね」

「ぼくたち、セリをさがしているんだよ」

『ああ、それならホーシにたのめばいい』

ツクシは茶色の頭をふりながら、大きな声で呼《よ》びました。

『いまからホーシをとばすツクシは、このふたりを草のはえているところへつれていっておくれ』

あたりのツクシたちが、頭をのばしたり、ちぢめたりしはじめました。よく見ると、頭の表面《ひょうめん》がわれて、青い粉《こな》がとび出してきました。中でもひときわ大きなツクシから出た青い粉《こな》が、

ふわふわとかたまりながら、あっというまに、ふたりをつつみこんで、ふわりとまいあがり、空中をとんでいきました。

すべすべの土手がおわると、うす緑《みどり》におおわれた川岸が現われました。両岸《りょうがん》には桜《さくら》のつぼみがふくらみ、柳《やなぎ》の枝《えだ》が緑の芽《め》をつけています。

下草ももえ出て、くろいやわらかな土がもり上がっています。

『ああ、ここがいいよ』

『僕たちの家は、ここにしよう』

ホーシたちはうれしそうに口ぐちにさけぶと、すうっと土手におりていき、そのままふわふわと、あたりにちっていきました。

タァタとバァバは、いつのまにか岸《きし》べにおりて、こい緑のセリがいっぱい生えた中に立っていました。

小林　玲子（こばやし・れいこ）

愛知県碧南市に育つ。愛知県西尾市在住。
作品『西尾の民話』（共著）
　　『サケの子ピッチ』
　　『白いブーツの子犬』
　　『海辺のそよ風』（中経新聞コラム集）
　　『みぐりちゃんのおうち』（ミュージカル脚本）
　　その他

牧野　照美（まきの・てるみ）

岐阜県瑞浪市に生まれる。愛知県西尾市在住。
建築士の資格を持つ。
作品『はずの民話』『むかしむかしはずの里』（絵と文。共著）
　　『消えたクロ』（絵本。牧野・絵、小林・文）
　　『幡豆町史』の編集を担当。

タァタとバァバのたんけんたい 2

2015年12月25日　初版発行

＊

著　者────小林玲子
挿絵・装画──牧野照美
装　丁────狭山トオル
組　版────マートル舎
制作協力───永島　卓〈アトリエ出版企画〉
発行者────鈴木　誠
発行所────（株）れんが書房新社
〒160-0008　東京都新宿区三栄町10　日鉄四谷コーポ106
電話03-3358-7531　FAX03-3358-7532　振替00170-4-130349
印刷・製本──モリモト印刷＋新晃社

本体1,000円